COBALT-SERIES

砂漠の国の悩殺王女

きりしま志帆

集英社

砂漠の国の悩殺王女

目次

一章　伝承の王女……9
二章　悩殺王女と封殺殿下……42
三章　世界はよくできている……105
四章　王弟殿下がお探しのもの……155
五章　彗星の行方、消える足跡……211
終章　千一昼夜の始まりの一夜……259
あとがき……278

シャムス

独身だが、なぜかラージャに
悩殺されない青年。
タクタルという国の王弟で、
ルキス＝ラキスという少女の
魔精《ジン》を連れている。

ラージャ

砂漠の小国・バジの王女。
彼女に近づいた未婚男性は、
我を忘れて求婚してしまう
という悩殺体質。

砂漠の国の悩殺王女

登場人物紹介

バーリー

ラージャの側近で、
耳が聞こえない。
悩殺も効かず謎が多く、
既婚者との噂もある。

ゼッカル

ラージャの側近だが、
もともとスリの常習犯。
既婚者だが、助けてくれた
ラージャには特別な
想いを抱いている。

ルキス＝ラキス

シャムスに連れられた
少女姿の魔精。

イラスト／鳴海ゆき

砂漠の国の悩殺王女

太陽神カッタールジャーナはおっしゃった。
千とひとつの昼夜を越えて、恋は愛に変わるのだと。

一章　伝承の王女

何となしに見上げた夜空に、ふた筋の赤い流星が走った。

あ——と、声を上げ、すぐに露台に走ったが、手すりから身を乗り出した時にはそれらはもう地平の彼方《かなた》へと姿を消し、空は少し前までそうだったように、銀粒のような星がちらちらと光っているだけだった。

夢を見たような心地がした。あるいは幻を見たような。

けれど確かにこの目で見——二年たった今でも、はっきり思い出すことができる。

ぞっとするほど美しかった、長い尾を引く赤い彗星《すいせい》。


——りんしゃん、りんしゃん。

不意に鈴の音を聞いて、ラージャはまぶたを開いた。

目の前にはタイル細工で縁取りされた大きな大きな鏡があり、その中には侍女《じじょ》に髪をとかれているもうひとりのラージャがいる。

ぱちりぱちぱち、まばたきをし、目の縁をなぞるように黒眼を動かす。

四方の壁に月と星が描かれ、天井から薄い金属板の飾りが吊るされているこの部屋は、使いなれたラージャの私室である。強い日差しと舞い飛ぶ砂をよけるために張っている窓辺の薄布が、風が吹くたび膨《ふく》らんだりしぼんだりをくり返している。

その風に、鈴の響きは運ばれているようだ。まるで誰かを招き寄せるかのように、鳴っては消え、また現れる。

ラージャはゆるやかに手を出し侍女の櫛《くし》の動きを止め、環飾りを下げた耳で注意深く音を探った。りんしゃん、りんしゃん、耳に心地よいその音を確かなものに感じ取ると、鏡に映る長いまつげが蝶の羽のように優雅に上下し、薄紅の唇が花咲くようにほころんだ。

「バーリーが呼んでる」

つぶやいた瞬間、ラージャは膝立ちになった。侍女がすかさず「まだお支度《したく》の途中ですよ」とたしなめたが、お構いなしに群青《ぐんじょう》の裾《すそ》を払って立ち上がる。その拍子に固定しかけていた頭衣《ベール》がはらりと落ち、褐色《かっしょく》の肌と漆黒《しっこく》の髪があらわになったが、やはり少しも気にしなかった。

「王女、せめて頭衣を留めてからにいたしましょう」

侍女が説《と》き伏せるように言った。いつも全身をあますことなく黒布で覆《おお》っているその侍女は、顔の大部分も薄布の下に隠しているのでたいてい表情が読めない。だが口調に尖ったものを感じなかったから、

「大丈夫です、勝手に外に出たりはしないから」

唯一表に出ている彼女の瞳に笑いかけ、ラージャは山羊《やぎ》革のサンダルで軽やかに駆けだした。


どこまでも広がる黄金の砂の海――デトリャー砂漠。その北西部、大小様々な岩山が点在する砂漠地帯に、小さな国が存在している。それがここ、バジの国である。

ひときわ大きな岩山の裾《すそ》に這《は》うようにできたこの国は、実は国というには規模が小さく、少し高いところから四方を見渡すだけで砂漠と国域を分かつ城壁の全貌《ぜんぼう》が確認できる。

砂漠においてはその城壁の内側こそが国のすべてで、近隣の岩山から材を得、どこよりも高く積み上げたバジ宮殿は、高層部に至れば金茶に輝く街並みも、そこに暮らす人々の姿も――ともすれば表情や会話が想像できてしまうくらいに――仔細《しさい》に見てとれる。

東の市場《スーク》には、商品を山と積んだ駱駝《らくだ》を従え、満面の笑みとあらん限りの美辞麗句《びじれいく》で相手を持ち上げながら値段交渉にいそしんでいる商人たちの姿があった。その三本先の通りにある浴場《ハンマーム》は女性専用の日なのか、赤や黄色、桃色といった鮮やかな装いの人たちがおしゃべりしながら次々と入口に吸い込まれていき、その裏通り、日陰の多い一角では、子どもたちが棒きれを剣に見立てて遊んでいる。傍《かたわ》らでは、水煙草《みずたばこ》に興じる老人たちが談笑がてら子どもたちを見守っていた。足元で寝転がる猫に、時々すねをいじられながら。

「今日も街は平和ね」

さながら太陽神の両腕に守られているような明るい街の様子を眺めながら、ラージャは外壁を這うように造られた階段を順々にのぼって行った。のぼればのぼるほど日差しを熱く感じるが、足が止まることはない。この階段の先にある露台は、青の天空と金の大地の境が見られるとびきり美しい場所なのだ。

「あ……やっぱりバーリー」

いよいよ最上階の露台にまでたどり着くと、ラージャはすぐに青灰色の衣服をまとった広い背中と、そこに垂れる長細い束ね髪を見つけた。彼が身に付けている服と同色の頭巻《ターバン》や、白の下穿《したば》き、赤茶の帯、金色の柄の曲刀《シャムシール》の組み合わせは、砂漠においては国に仕える衛兵を示すものだ。そして彼の腕に光る真鍮《しんちゅう》の腕輪は、数か月前、彼に側仕えを頼んだ時にラージャが彼に贈ったもの。つまり彼はラージャの近衛《このえ》のひとりである。

彼は、未だ主の存在に気づかないまま、丸い屋根が連なる宮殿と、街と、強固な城壁を越えた向こう側――金茶に輝く砂の大地に視点を定め、葡萄《ぶどう》のような鈴の束をゆるやかに振ってラージャを呼び続けている。実は彼は耳が聞こえないのだ。

「バーリー、ごくろうさまです」

群青《ぐんじょう》の裾《すそ》をひらひら躍らせながら足早に彼に近づき、呼びかけると同時に彼の腕に手を添える。そこでようやくラージャに気づいた彼は、凹凸《おうとつ》の少ない、すっきりとした印象の顔でやさしく微笑し、こうべを垂れた。それは、耳とともに言葉も不自由である彼の、最上の挨拶《あいさつ》である。

「バーリー。わたしを呼んだということは、何か来てるんですね」

ラージャはバーリーの顔を正面に見、意図して大きく口を動かした。耳は不自由でも唇を読んで相手の意思を把握《はあく》できる彼は、ラージャの問いかけを正確に理解し、頷《うなず》くとともに節の目立つ指で真っ直ぐに砂漠の一点を示した。

「……あれは、キャラバン？」

ラージャは額に手をかざし、軽くつま先立ちになる。

注視すればはるか前方、砂塵《さじん》にかすむ景色の中を、うぞうぞと動くものがあることに気づく。遠すぎて一見ムカデの行進のようにしか見えないが、きっとあれは人と駱駝《らくだ》がなす隊列だ。

「あれ、キャラバンですか？」

再び顔を向き合わせて問いかけると、バーリーは迷いなく頷いた。彼は「聞くこと」、「話すこと」に関して太陽神から大きな試練を与えられているが、「見ること」に関しては飛びぬけて優れたものを授けられている。その「優れた双眸《そうぼう》」のことを、ラージャは誰より信頼していた。

「行きましょう」

ラージャは即決して、彼の手を引いた。国を訪れるキャラバンを出迎えるのが、ラージャの仕事のひとつなのだ。

「ベナ、お仕事です！　行きますよ！」

バーリーを急《せ》かして部屋に戻り、今度は黒衣の侍女を急かす。彼女は先を見越していたかのように準備万全で、

「だから頭衣《ベール》を留めてから、と申し上げましたのに」

と、軽く小言を口にしながらラージャの頭部に手早く頭衣をかぶせてくれた。服と揃《そろ》いの群青色だ。

細冠《サークレット》が額に回され、頭衣を固定される。細冠は腕輪や耳飾りと同じ、白く輝く銀の逸品で、額には雫《しずく》型のラピスラズリが下がっていた。全身落ち着いた色合いでまとめるのが近頃のラージャの好みだと、彼女もよく分かっているのだ。

「できましたよ。参りましょう」

ベナの、砂漠の住人としてはめずらしい灰色の双眸《そうぼう》が、やわらかな眼差《まなざ》しを注いでくる。ラージャは「ええ」と大きく頷いて――直後にはたと気づいた。

「そう言えばゼッカルは？　わたしたち、四人ひと組でなきゃ」

「彼なら放っておいてもいずれ追い付いてくるでしょう。耳だけはいい人ですもの」

品よく笑って、ベナは指先まで伸ばした袖《そで》で先を促した。バーリーも横に並び、にこやかに頷いている。途端に心が浮き立ち、跳ねるように歩きだせば、ふんわりと頭衣をかぶったうねり髪が、風をかたどるようにやわらかく揺れた。

●・・・○・・・●

語《かた》り部《べ》たちは、ウードの調べに乗せてこう歌う。

——砂漠の果ては、誰も知らない。

それはこの灼熱《しゃくねつ》の大地の広大さを教え、伝えてきた常套句《じょうとうく》であったが、今やそれが真実でないことを、聞き手の誰もが知っていた。

荒野を行った西の果てには海があり、北の険しい山の向こう、緑豊かな土地に行けば、白い肌の人間が住んでいる。また別の方角には砂漠の民と同じ褐色《かっしょく》の肌を持ちながらまったく異なる言語を操る人間がおり、また違った方角に足を向ければ見慣れぬ姿の動物たちが自由に駆け回る土地にたどり着く。

砂漠には確かに果てがある。

それはもはや常識だった。

とはいえ、実際にそれら「砂漠の果て」を目にする者は決して多くない。

そこにたどり着けるのはキャラバンだけ。そして彼らのもたらす情報から、人々は「果て」の様子を知るのだ。

「まあ、北の山を越えたのですか」

バジの街のほぼ中央に建造された、大きな大きな隊商宿。

二階建ての客室棟と立派な厩舎《きゅうしゃ》に四角く囲われた庭の中、二本のナツメヤシの間に張った日よけ布の下で、ラージャは新たに到着したキャラバンの話に目を輝かせていた。

「砂漠を越えるだけでも大変でしょうに、行って、また戻ってくるなんて」

「バッタート王からのご依頼でしてね。誰も持っていないものが欲しい、とおおせで」

肩をすくめて語っているのは、このキャラバンの隊長だ。ラージャから見て父親ほどの年齢だったが、キャラバンの男たちに必要とされる三つの力——砂漠を渡るに必要な体力と精神力、さらに盗賊《とうぞく》を退ける腕力——が、全身からあふれ出るような大男で、現在三十名の隊員を率《ひき》いて旅をしているという。

「景気がいいようですな、あの国は。今にロールーリを追い抜くかもしれない」

「へえ……バッタートは景気がいいのですか」

ラージャはやや前のめりになりながら、ふむふむと相槌《あいづち》を打った。

キャラバンは、多くの商品とともに砂漠にあまた存在する国々のあらゆる情報を運んでくるもの。女であるがゆえに政治の場に居場所がないラージャは、こうして積極的にキャラバンと関わることで少しでも国益になる情報を得ようと努めているのだが——今回は大収穫《だいしゅうかく》となりそうだ。ちょうど、街の職人たちが熱心に作っている銅版をつないだ天井飾りを、どこかに大々的に売り込みたいと思っていたのだ。

砂漠の中心である大国・ロールーリで流行《はや》らせ、砂漠の隅々にまで広げていく方法が戦略としては王道と言われているが、景気がいいなら最初の狙いをバッタートに切り替えてみるのも面白いかもしれない。

（でもバッタートってどの辺りだったかしら。確かずっと南の方だったような気はするけど）

表向き無邪気に話を聞きながら、頭の中ではしたたかに、あれやこれやと考えを巡らせていたラージャ。

「しかしバジに来たのは正解でしたな」

と、隊長が急に声色を変えて笑うから、考えるのをやめて首を傾《かし》げた。

「正解、ですか？」

「キャラバンの間じゃ有名な話だ、バジは待遇がいい上にお姫さまが直々に出迎えて下さると」

隊長は顎《あご》にたくわえた髭《ひげ》をなでながら、豪快に笑った。

国域が狭く、特筆するほどの産業を持たないバジは、キャラバンを招き、滞在中の彼らがもたらす財なくしては立ち行かない国である。

そのため、この宿を含め国のいたるところに清潔な宿泊施設を配し、市場《スーク》は落ち着いて取引ができるよう広々とした場所を確保、治安維持のために常に街中を衛兵に巡回させ、強固な城壁で人の出入りを徹底的に管理することで盗賊《とうぞく》の類《たぐい》も中に入れない。そしてどれほど多くの駱駝や馬が街に入っても、往来に決してその落としものを放置させない。

そういった、旅人が魅力に感じる取り組みを、バジは国を挙げて行っていた。王女自ら出迎えの役を買って出たのも――情報収集ももちろん目的のひとつだが――国としてキャラバンを歓迎する姿勢を表す側面もあるのだ。

ラージャは自国流のもてなしが受け入れられたことを素直に喜び、微笑《ほほえ》んだ。

「お気に召しましたら、どうぞ行く先々でバジを宣伝してくださいね」

「もちろん。出迎えのお姫さまがたいそうな美人だということも知らせて回りますよ。砂漠の秘宝の姫君」

商人特有の美辞麗句《びじれいく》で大げさに持ちあげられて、ラージャは苦笑した。

各国の後宮《ハレム》から熱烈な招待を受けたという伝説的な美女を母に、男ながら世の女性たちに羨望《せんぼう》されるほどの美丈夫《びじょうふ》を父に持つラージャは、花弁のような唇と、まばたきするたび音がしそうなほど長いまつげを母から、大粒のアーモンドのような瞳とすんなりとした鼻を父から譲《ゆず》り受けた、「いいとこどりの美姫《びき》」と評されている。が、ラージャ本人はさしてその事実を歓迎してはおらず、褒《ほ》め言葉にもただただ笑って返すばかりである。

「他国には月ほどお美しい姫君もおられるでしょう」

「確かに月ほど美しい方は大勢おられましたが、月以上のお方は王女おひとりですよ」

「まあお上手《じょうず》。――何か勧めたい商品でもあるのかしら？」

少しばかり斜めの方向から隊長を見ると、彼は一瞬面食らった後、「ははっ」と声を立て、落ち着きを失くしたように伸ばした髭をまさぐった。

「参った参った。バジのお姫さまは察しもいいのですな。先を読まれてしまった」

ふふ、と、ラージャは少々得意になって笑う。キャラバンと交流を持つようになってもう一年以上、商人との付き合い方もすっかり心得たな、と、内心自画自賛である。

「良いものがあるなら勧めて下さい。よく伺《うかが》って必要ならばいただきますから」

「これは幸いでございます。——では早速《さっそく》息子らに説明させましょう」

「え……息子さんたち？」

思いもよらない提案に、ラージャは長いまつげを一度大きく上下させた。隊長は「ええ！」と、自信を示すように深く頷《うなず》く。

「うちの息子らは義理がたいですからね。お話を聞いていただいたあかつきには、ラージャ王女がいかに美しく聡明であるかを砂漠中に知らせるでしょう」

「——それは素晴らしいご提案ですわ」

それまで静かに控えていたベナが、唐突《とうとつ》に身を乗り出してきた。

彼女は主がぎょっとしているのにも気づかず、唯一表に出ている灰色の双眸《そうぼう》を爛々《らんらん》と光らせ、

「ぜひご紹介いただきましょう！」と常になく息巻く。

ラージャは頬《ほお》をひきつらせた。

ベナは、普段はとても落ち着いた大人の女性なのだけれど、ときおり少々間違った方向に暴走することがある。薄布で隠した自分の顔だってずいぶん美しいというのに、ラージャのことを「砂漠一の美貌《びぼう》」だの「満天の星も恥じ入る美しさ」だのと言って持ち上げるのだ。自分の仕える相手が褒められると誇らしいのかもしれないが、度が過ぎるとかえって心証が悪い。

「……ベナ、よして」

「よしません」

「きっぱり言いましたね……」

「ええ！　美しい王女がいると聞けばそのご尊顔《そんがん》を拝見したいと願うのが人のさが、ですわ。王女の美貌が知れ渡ると同時に人々の関心をバジに向ける、一石二鳥の素晴らしい提案です」

一理あるがどうも納得してはいけないような気がするラージャは、救いを求めてバーリーに目配せした。が、一対一の会話なら解読可能な彼も、複数人の会話を同時に理解するのは難しく――そもそも今は理解する気もなかったらしい、彼はラージャがここまで乗ってきた白い駱《らく》駝《だ》の口を開けてまじまじと観察していた。駱駝は歯を数えれば年齢が分かるのでそうしているのだろうが、今なぜその駱駝の歳を知りたくなったかは謎である。

とにかく結論、ラージャに味方はいなかった。

「さあ息子たち、こっちに来てご挨拶《あいさつ》しろ。バジの王女さまだ、失礼のないようにな」

隊長の太い声に呼ばれ、彼の息子たちが返事をした。緊張の面持《おもも》ちで近づいてくる年若い三人は、さすがに顔の似通った青年たちだった。みな、おそろいの頭巻《ターバン》を巻いている。砂漠において未婚を示す、色のついた頭巻だ。

「……ベナ。これ、まずくありませんか？」

嫌な予感が働いたラージャは、侍女《じじょ》の肩に隠れるように身を引いた。が、一瞬でかわされ、逆にぐいぐい背を押される。

「何の不都合がございますか。さあ、王女。うら若き彼らにお言葉を」

大げさにあおられて、目の前に三人が膝をつくと、引くに引けなくなってしまった。彼らの父親が誇らしげな顔しているからなおさらだ。ごく、と息を呑み、三十秒先の未来が絶対的に灰色であろう確信を持ちながら、王女のたしなみとして身に付けた、ひきつりそうな顔に無理やり笑みを張りつける——という妙技《みょうぎ》を最大限活用した。

「……皆さま、ようこそバジへ……」

一応歓迎の意を述べ、身構える。小刻みになる心音を抑えるように首を縮め、いつ破裂するか分からない煎《い》りすぎた豆を見ている気分で三人の息子たちを観察する。

その瞬間までどれくらいだろう。

十、九、八、七……。あてずっぽうに数え始め、カウントゼロまで残り三つ。

それは突然起こってしまった。

「ラージャ王女」

呼びかけてきた三人の若者たち。それまで漂っていた緊張感はもはやない。一の息子はとけそうなほど目じりを下げており、二の息子は崩れそうなほど頬をゆるめ、三の息子はだらしないほど口の端を歪ませている。

始まりの印だ。

ラージャが確信した直後、

「――結婚しましょう」

どこから湧いたか、唐突《とうとつ》過ぎる求愛文句が飛び出した。三人の口から、まったく同時に。

彼らの父親が盛大にひっくり返った。仲間と思《おぼ》しきキャラバンのメンバーも、唖然《あぜん》としていた。しかし三人は周りの反応など目に入っていない様子である。

ラージャは一の息子にがっと両手をつかまれた。

そして鼻息も荒く告げられたことは、

「あなたのためなら全財産を差し出しても惜しくありません！」

微妙に喜べない愛情表現。ラージャは頑張って微笑《ほほえ》みを保ち、さり気なく手を引っ込めた。

「お金が有り余っているのなら先に親孝行でもなさってください」

遠回しにふられた一の息子が、雷に打たれたように硬直する。するとその隙《すき》をついて二の息子が彼を押しのけラージャの両手を奪い取り、

「ぼくはあなたのためならこの命を投げ出せます！」

「いえあの、生きて下さい精いっぱい」

ラージャはやっぱり律儀《りちぎ》に笑顔でお断りした。二の息子は風に吹かれた枯れ葉のように、ふらりと地面に身を横たえる。一応息はしていた。

やれやれ……と、ひと息つきかけたラージャだったが、三の息子は彼女を休ませてはくれなかった。仰々《ぎょうぎょう》しくラージャの手をすくい上げ、誰よりも大げさに言うのだ。

「ぼくの一生分の愛を捧げます！」

そろそろ笑顔も崩れそうになった。しかしここが踏ん張りどころである。

ラージャは改めて口角を引き上げ、ええと、と、喉《のど》を整えて、

「そうおっしゃるあなたはさっきまで別の女性と肩を寄せて語らっていたと思うんですが、あの方のことはよろしいんですか？」

「へえ？」

三の息子が首を傾《かし》げた途端、彼は服の首裏から後ろに引っ張られ、「ぐえええっ」とカエルのような声を上げた。その肩越しにゆらりと現れたのは、目が据わり、何やら黒いオーラを発している少女の顔。元の造形とあまりにかけ離れた顔だったが、よく見れば分かる。先ほどまで彼と寄り添っていた、可愛《かわい》らし――かったはずの少女である。

彼女は少女らしい小さな手で三の息子の胸倉を摑《つか》んでいた。

「あんた、きれいな王女さまに親しく声をかけられたらあたしのことは捨てる気なの？　ひど

い！　最低！　信じられない！」

怒り爆発の彼女の手のひらが右に左に男の頰を打った。傍目《はため》に見ても加減しているとは思えず、ラージャは慌てて二人の間に割って入る。

「待って、彼は悪くないんです、たぶん悪いのはわたしです！」

「王女さまが？　悪い？　どこがですか！　あたしずっと見てましたけど、王女さまはふつうにご挨拶して下さっただけです！　それをこの馬鹿が！　調子に乗って！　この、この！」

「──はいはい、その辺にしとこうや」

さらに勢いを増した少女の手が、振り上げられたまま宙で止まった。彼女の背後に現れた男が、彼女の手首をつかみ上げたのだ。

「ゼッカル……！」

「はい、頼れる衛兵参上っす」

安堵《あんど》の息に混ぜて名を呼ぶラージャに、ニッと歯を見せる彼。服は着崩し髪は半端《はんぱ》に長く、身体《からだ》中に装飾品をじゃらじゃらつけているから一見素行の悪い少年のようであるが、これでもバーリーと同じ制服に身を包み、腰に曲刀を佩《は》いた、ラージャの近衛《このえ》のひとりである。

ゼッカルは首を斜めに傾けながら少女の身体をくるりと正面に回した。細身だが背の高い彼は少女を見下ろすと、

「そんなにそいつを責めるなよ、お嬢さん。責めるんだったら、ラージャ王女をあんな美人に

しちまった太陽神を責めろ。太陽神が怒ったらその怒りは全部オレが受けてやるから」

見た目も軽ければ口調も軽く、きらりと光らんばかりの笑顔でそう決めた。

彼を傍に置く身としては「衛兵がこんなことではダメだ」と思うのだが、言われた少女はぽかんとしている。ある意味、彼の説得は成功だ。

ラージャはゼッカルの服を引き、そそくさと三兄弟の傍を離れた。

「ありがとう、ゼッカル。怪我人《けがにん》が出るところでした」

「べっつに大怪我してもよかったんすけどね。あいつら王女の手に触るとか、重・罪・犯！」

「そんなことを言ってはダメです。みなさんが本気にしたらどうするんです」

肩越しにちらりと彼らを見る。幸い話は聞こえていなかったようだが、三人の息子は未だに正気を失ったようにぽやーっとこちらを見ており、その仲間たちは反対に、蜂の巣を突いたように大騒ぎしていた。当然だろう、一国の王女相手にいきなりの求婚である、他国であればゼッカルが言う通りの大ごとになりかねない。

「しっかし、また久々に派手に悩殺したっすね、王女。いやまあ王女に声かけられたんだから当然、当然っすけどね」

ゼッカルが、だらしなく開いた首元をかきながら言った。一方ラージャは姿勢も正しく、

「言うまでもないですけど、わたしは望んでやっている訳じゃありませんからね」

「分かってるって。あんなんじゃ嫉妬《しっと》もしねーもん」

「……嫉妬ってあなた」

呆《あき》れるラージャに、ゼッカルはニッと犬歯を見せて笑った。

「大丈夫、オレは金も愛も命もぜーんぶ王女に捧げるから。あいつらとはレベルが違う」

「捧げる相手を間違えてますよ。あなた奥さんがいるでしょう？」

いい笑顔でくり出される恥ずかしい台詞《せりふ》に、ラージャもいい笑顔で切り返した。白い頭巻《ターバン》は既婚の証《あかし》。彼はまさにその白いものを頭に載せているのだが、その事実を吹き飛ばそうとするかのように全力で首を左右に振った。

「親が連れてきた女なんか嫁とは思わないっす！　しかもあいつ怖いし。強いし。勝てないし。オレはやっぱりやさしくて素直なラージャ王女が好きです大好きです愛してます」

「さてもう帰りましょう」

長居すればしただけややこしくなる気がして、ラージャは速やかに踵《きびす》を返した。

「王女！　オレは本気っすよ！　前科者のオレを拾ってくれたあの日から、オレは王女のためにしか生きてない！」

率直《そっちょく》過ぎていっそ気持ちのいい彼の告白に、ラージャは「はいはい」と苦笑した。

言われなくても分かっている。

ゼッカルが口にする言葉はすべて彼の心から生まれるもの。

「あなたは彼らとは違いますもんね」

賑《にぎ》わう隊商宿の片隅で、バジの王女はそっと背後を振り返った。

離れてもなお惚けた顔でラージャを目で追う三人の若者。

恋人や父親、キャラバンの仲間たちはしきりに彼らを叱《しか》っているけれど、ラージャはよく知っている。

彼らを暴走させたのは他でもない——自分だ。

●・・・○・・・●

それが始まったのはいつのことだっただろう。

ラージャは、色付きの頭巻《ターバン》をかぶる者——未婚男性と、まともに付き合うことができなくなった。交流を持とうとすると、なぜか相手が我を忘れるほどの勢いで求愛してくるのだ。

これはなにもキャラバンのメンバーだけに限った話ではない。宮殿に勤める衛兵、料理人、宰相《さいしょう》の息子たちや、街で出会う一般人。子ども以外の未婚男性なら身分も年齢も出身も問わず、挨拶するだけでラージャの虜《とりこ》になってしまう。

ただし、どんなに情熱的な言葉を捧げた相手でも、どんなに甘い言葉をささやいた相手でも、時がたてばその言葉どころかラージャに求愛したことさえ忘れている。

先ほどの三人の息子たちも、じきに正気に戻ることだろう。

「また恋の秘薬をまき散らした、とか言われそう……」

宮殿へと戻る道すがら、ラージャは頬に手を添え嘆息《たんそく》した。

一瞬で相手を恋の虜にし、ひと夜でそれを忘れさせるラージャを指してそんなふうに噂《うわさ》する人々がいるらしい。不審がられるのは仕方がない状況だが、ラージャ自身は決して望んでいないその現象を、そんなふうに噂されるのはあまり気持ちのいいものではなかった。

「まーた難しく考えてるんすか」

先を行くゼッカルが、ラージャの顔色に気づいて後ろ歩きになった。ベナがいたら「危ない」と叱るところだが、あいにく彼女は別行動。滞在中のキャラバンに銅版の天井飾りを売り込むべく、駱駝《らくだ》を引いて回っているはずだ。

「王女、オレ今まで何度も言ってるけど、男が王女にメロメロになるのは自然の摂理っすよ。望まずとも男を虜にしちまうのが美女の定めなんだからさ」

「……もしもあなたの言うことが一部正しいとしても、その対象が未婚男性だけ、というのはおかしいです。しかもものすごく刹那《せつな》的な現象ですし」

「未婚者だけじゃないじゃん。オレだって王女にメロメロだし、多分この先一生メロメロっす」

「あなたと彼らじゃ『メロメロ』の意味合いが違います。分かるでしょう?」

「んーまあ確かに。さっきの連中みたいな薄っぺらい愛と一緒にされたくないっすね」

調子のいいゼッカルの言葉は半分だけ耳に入れて、ラージャは再び考えた。

ラージャ自身は完全に異常だと思っているこの現象。これまで何度も同様の現場に居合わせたゼッカルは、今のように「美人なんだから当然」と自信満々で、ベナも「天性のもの」と納得していた。これまで呼び寄せた何十人もの医者や学者、占い師たちの見解もそう。口を揃《そろ》えてラージャの容貌《ようぼう》をその要因に挙げ、それが宮殿内でも定説となった。迷惑な話である。おかげで、きれいだ美人だと褒めそやされてもちっとも嬉しくなくなってしまったのだから。

（絶対に他にも原因があるはずなのに……きっかけというか……）

ラージャはむくれ顔で周囲を見回した。

経験上、未婚男性がどれだけいても、少し離れていれば何も起こらないことは分かっていた。今もそうだ。木の下で休む荷運びの男。テントの下で声をからして客を呼びこむ商売人。大勢の見物人に囲まれた曲芸師。道中で出くわす色付き頭巻《ターバン》の男たちは、みな、手を振っても笑いかけても、会釈《えしやく》を返すくらいで忘我《ぼうが》の求愛に走ったりしない。

しかし急変する者は急変する。もう何人、何十人とそんな男を見てきた。

この差はいったい何なのだろう。相手の体質？　それとも対象との距離？　はたまた、まったく別の何かが影響するのだろうか。

蜘蛛《くも》が糸を伸ばすように、推論だけは次々展開されていく。しかしいつも、どれだけ考えても答えが出なかった。自分のことなのに。

（誰かこの奇妙な出来事を説明してくれないかしら）

切実な願いに嘆息《たんそく》しつつ、角を曲ったたときだった。風が走って砂埃《すなぼこり》が舞い、ラージャはとっさに目をつぶった。直後、とん、と、軽く肩から弾かれる。向かいを歩いてきた人に、ぶつかってしまったようだった。

「ごめんなさい」

「いや——」

とっさにラージャが詫《わ》びたとき、低い声が降ってきた。反射的に顔を上げると、相手はラージャを見るなり軽く目を見開く。ラージャより少し上、二十歳《はたち》前後の若い男だった。

（あ、この人も急変する——？）

ずいぶん高いところにある彼の頭部に紺の布を見つけ、ラージャは少々身構えた。これも経験上知っていることだ。身体《からだ》が接触したら、十割の確率で相手が暴走すると。

しかしいくら待っても「その瞬間」は訪れなかった。相手は暴走するどころか、なぜか硬直し、まばたきもしないのだ。

「あ、あの……」

ラージャは恐る恐る声をかけた。すると彼は急にせわしく視線を動かし、「失礼」と短い詫《わ》びの言葉を残し、なんと、そのまま足早に離れて行ったではないか。

「え……？」

予想外の展開に、ラージャは思わず振り返り、その後ろ姿を目で追いかけた。

間違いない。確かに色付きの頭巻《ターバン》姿だ。

「……どうして……？」

ぱちぱちと、何度もまつげを上下させる。

「どーしたんすか、王女」

遅れるラージャに気づいたゼッカルが、首の飾りをちゃらちゃら鳴らしながら戻ってきた。

「……ゼッカル。今の人、変わりませんでした」

「え？　変わんない？」

「ええ。今の人、未婚者なのにわたしと接触しても変わらなかったんです。ぶつかったし、話もしたのに、ふつうに去って行きました……！」

興奮気味に訴えながら、ラージャはもう無人となった角にその人の姿をよみがえらせた。

どこか街になじまない後ろ姿。だが、旅の商人という風情《ふぜい》ではなかった。戦士のような立派な体格で、でも猛々《たけだけ》しい雰囲気《ふんいき》もない、不思議な人。

「あんな人初めてです……」

水上を漂うような静かな感動を味わうラージャに、しかしゼッカルは、「はあ」と情の薄い返事をした。頭巻の端から指をつっこみ、がしがしと黒髪をかき乱す。

「王女の顔が見えないくらい目が悪いんじゃないっすか。でなきゃ美醜《びしゅう》の判断もつかない可哀《かわい》

そうな奴か。そうだそうだ、そうに決まってる」

「なんですかそれ」

答えに不満で軽く頬《ほお》をふくらませると、

「バーリーだって独り身のくせになんも変わんないじゃん」

彼は唇を尖らせて反論してきた。

そう、バーリーは独身の衛兵に課せられた規則通り青灰色の頭巻を巻いている。が、彼はラージャが話しかけても笑いかけても、ぐいぐい腕を引っ張っても態度が変わらない。数ヶ月前にラージャの傍に付き始めてから、ずっとそうだ。よって、あのおかしな現象をかいくぐってきた初めての人はバーリーということになる。

「……でもバーリーは結婚していて、子どももいるという噂があります。ご家族を見たことはありませんけど……すでに離縁しているのであれば色付きを巻いていてもおかしくありませんし」

「んまー確かに。話ができない分、私生活が完全にナゾっすからね、あいつ。しょっちゅういなくなるし——ってそう言えばあいつどこ行った？　また迷子か？」

ゼッカルが首を伸ばして前後左右を見回した。

耳が聞こえないせいかバーリーは街ではぐれやすく、また彼が常々声を発しないのでラージャたちも彼がいなくなったことに遅れて気づくことが多い。幸いにしてバジは治安のいい国なので護衛が減ったところで何ら危険はないのだが、はぐれたまま宮殿に戻れば、口さがない者たちに「衛兵として致命的な欠陥持ちだ」などと嫌味を言われかねない。

「探しましょう」

ラージャは今の出来事をすぐさま忘れ、即座に来た道を戻る選択をした。通りすがりの人に執心するより、身近な人の名誉を守る方が大事である。

「バーリー、どこですかー！」

聞こえないと分かっていつつも呼びながら、狭い通りにあふれる人々の、肩と肩の間を縫《ぬ》っていく。常時複数のキャラバンが入って休息をとるバジの街は、いつだって人が絶えない。捜索は困難を極める、と、思われたが、不意に耳に届いた音でその予想は覆《くつがえ》された。りんりんしゃんしゃん鳴り響く――鈴の音。耳のいいゼッカルはすでにそのおよその出所まで察知しており、「あっちっすね」と、爪先《つまさき》の向きを変えていた。ラージャもすぐさま後に続いた。

「めずらしいですね、バーリーの方から居場所を教えてくれるなんて」

「そうっすね。いつもははぐれても飄々《ひょうひょう》としてるのに」

迷惑な奴、と悪態をつきながらも、ゼッカルはよく耳を澄ませて音をたどり、あっという間に細い束ね髪が垂れる背中を見つけた。隊商宿の傍だった。

「バーリー！　おまえ耳が聞こえねーんだからちゃんと周りを見――わぶっ」

顔を突き合わせるなり怒鳴り始めたゼッカルの顔面に、バーリーが「うるさい」とばかりに手のひらを押しつけた。その一方で、彼は指先でラージャを傍に呼び、軽くその場にしゃがんで砂の上に文字を書く。

「なに？　……あなたは、悩殺王女、と、同じ、でした――？」

声に出して読んだ後、ラージャは目をぱちくりとさせた。

「……なんです、悩殺王女って」

問うと、彼はゼッカルを押しのけるようにして解放し、ラージャの手をぐいと引いた。彼にしてはめずらしく強引だ。「おいこら、気安く王女に触んな！」とゼッカルが真っ正面から抗議したが知らん顔でずんずん歩きだす。ラージャもつられてずんずん進む。

止まったのは、先ほど立ち寄っていた隊商宿だった。ただし、商人たちでにぎわう中庭ではなく、宿の使用人たちが忙しく出入りしている裏口に近い方である。

そこではラージャよりいくらか下――十三、四歳の少女たちが集まっており、中心で細身の少女が踊りを披露していた。と言っても練習だろう。華に欠けた服装がそれを示している。

「あ、さっきのお兄さん！」

踊り子が手足の動きを止め、バーリーに微笑《ほほえ》みを向けた。周りの少女たちよりは少し大人びた印象の娘である。

「お仲間見つかったの？　わ、美男美女揃《ぞろ》いね、うらやましい！」

彼女はすでにバーリーの障害を理解しているのか、大きく口を動かし、そう言った。礼を言うように会釈《えしやく》をしたバーリーが、今度は視線をラージャに向ける。その指先は踊り子を指し示している。解釈すると、「先ほど砂に書いた言葉は彼女の言葉」という意味だろう。

ラージャは彼に相槌《あいづち》を返し、踊り子の少女に向き直った。

「あなた、彼に悩殺王女、という言葉を教えましたか？」

「悩殺王女？　ええ、教えたわ。さっき、彼氏が一瞬でバジの王女さまに心持って行かれたーって、友だちがショック受けてたから。悩殺王女に遭遇《そうぐう》したって思えばいいじゃないって、励《はげ》ましたのよ。お兄さんはそれを聞いて……たんじゃなくて、見てたんだっけ」

読唇術《どくしんじゅつ》ってやつよね——と笑う踊り子は、当のバジ王女が目の前にいるとは思っていないらしい。「それがどうかした？」と無邪気に問い返してきた。

ラージャは自分の素性《すじよう》に関してはひとまず脇に置いて、ずばり問うた。

「何なんですか、その悩殺王女って」

何って——と、踊り子は首をすくめた。

「お伽話《とぎばなし》のお姫さまよ。どんな相手も一瞬で恋に落としてしまう、その名も悩殺王女。ロールーリの宮殿に招かれて踊ったとき、語《かた》り部《べ》のおじいちゃんが話してたのよ」

このおじいちゃんがまたちっちゃくて可愛《かわい》かったの——と話は続いたが、ラージャはその辺りを曖昧《あいまい》に聞き流し、重要な部分を脳裏《のうり》に刻むようにくり返した。

「……どんな相手も、一瞬で……」

「え？　あ、悩殺王女のこと？　そうそう、本当に一瞬なんですって。でも彼女が悩殺できるのは独身の人だけなの。バジの王女さまもそうらしいじゃない」

まったくそのとおりだ。ラージャは深く頷《うなず》いた。

「それでその、悩殺王女って、いったい何者なんです？　なぜそんな能力が？」

がぜん食いつくラージャに、踊り子はきょとんとして返した。

「なぜって。お伽話なんだから、どんな不思議なことが起こってもおかしくないでしょう？」

「た、確かに……。じゃあ、他に何か教えて下さい。その、悩殺王女のこと」

「他って言われても……うーん、確か刹那《せつな》の恋を量産していた王女が千一昼夜を越えて本物の愛を手に入れる――みたいな話だったと思うけど、実はあたしも別の人と話してて、飛び飛びでしか聞いてないの。そんなに知りたいならロールーリを訪ねれば？　あなたも旅人でしょ？」

思いきり勘違いしている踊り子に、しかしラージャは力いっぱい頷いて見せた。後ろに控えたゼッカルが「ちょっとちょっと」と焦り始めたが、ラージャの心はすでに広大な砂の海へと旅立っている。

「ありがとう。あなたに会えてよかった」

ラージャは踊り子に礼を言い、二人の衛兵を急《せ》かして帰路についた。

「王女、まさか自分がその悩殺王女と一緒だとか思ってないっすよね」

ゼッカルが落ち着かない顔で傍にまとわりついてくる。思ってます、とラージャは即答した。

「あなたも聞いたでしょう、未婚男性に限り一瞬で恋に落とす——完全にわたしと同じです」

「でも向こうはお伽話っすよ？」

「お伽話でも、語り部が聞かせたのなら事実が元になっているかもしれません」

宮殿へ続く道を駆け足で戻りながら、ラージャは願望もこめて訴えた。

ウード片手に砂漠に伝わるあらゆる逸話をうたって聞かせる語り部たち。

彼らが語りを始めるときは、決まってこう切り出すものだ。

——嘘かまことか、こんな話がございます——

踊り子が聞いた悩殺王女の話も、きっとその常套《じょうとう》文句から始まったに違いない。

嘘かまことか——言いかえれば、嘘かもしれないし本当かもしれない、ということ。

もしも、本当だったら。

もしも、悩殺王女が実在していたら。

(あの奇妙な現象の正体が、分かるかもしれない——)

ラージャの口元に、抑えきれない笑みが浮かんでいた。

●・・・○・・・●

砂漠の空に昇る太陽は、だいたいいつも強烈に大地を照らしている。

例えばひなたにいれば視界が白むほどのまばゆさに襲われ、例えば影に入ると物の輪郭《りんかく》を見失うほど濃い闇に襲われ——その境を行き来した瞬間ときたら、あまりの明度差にめまいすら覚えてしまうほどである。

彼が不覚にも誰かと接触したのも、まさに影から出た直後——目がくらんでいる時だった。

「ごめんなさい……！」

「いや——」

こちらこそ、と言いかけた口は、それ以上言葉を継がなかった。明るすぎる光の中、ようやくはっきり確認できた彼女の容貌《ようぼう》に、見覚えがあったからだった。

少々風変わりな噂《うわさ》のある、見目麗《うるわ》しいバジの王女。

驚いた様子で彼を仰《あお》ぎ見ていたのは、そんな意外な人物だったのだ。

彼は短い詫《わ》びを残してすぐにその場を立ち去った。

（なぜここで出くわす——？）

妙な焦燥《しょうそう》感に突き動かされ、常にない早足で再び日影に飛びこめば、めまぐるしく変化する明暗に身体《からだ》が追い付かずによろめいた。

日干しレンガの壁に手をつき、まぶたを下ろせば、目の前には深い闇が広がる。

不意に、闇の中に奇妙に幻想的な光景が浮かび上がった。

対《つい》になって夜空を駆け去る、赤い彗星《すいせい》だ。二年前のとりわけ暑かった夜、楽天的な人間を「吉兆だ」と喜ばせ、悲観的な者たちを「世の終わりだ」とおののかせた、不気味に美しい軌跡。

彼は、まぶたをこじ開けた。

そのとき彼の双眸《そうぼう》が猛禽《もうきん》のごとき鋭い光を抱いていたのは——彼が知っていたからだ。

その星の動きが、まぎれもなく凶事を招く前触れであったと。

二章　悩殺王女と封殺殿下

バジの宮殿において、ラージャは行動派で有名だった。

だいたい砂漠に生まれた姫君と言えば結婚するまで後宮《ハレム》で花のように大切に育てられるのが一般的であるが、ラージャは母を失った十歳のときに後宮を出、女官部屋と同じ並びに私室を移し、十一歳で文官見習いの少年たちに混じって勉学を始め、十二歳で駱駝《らくだ》の乗り方を会得《えとく》、十五歳になる頃にはたびたび宮殿を抜け出してキャラバンの出迎えに走るようになった。

そこに同行するのがまた「いわく」つきの付き人たちだから、はじめは笑って済ませていた周囲も、もはや眉を寄せるようになって、今では陰でこんな風にささやかれることもある。

――バジ王の頭痛の種。

しかしそんな悪評が立っても反省せずに開き直ってしまったのがこの姫君で。

十七歳を迎え今や立派な大人となった彼女は、現在、「自己責任」の四字を掲げて砂漠の海を渡っている。

天上から痛いほどの太陽光が突き刺さり、地表から沸きたつような熱が昇る。

まるですべての生物の存在を拒《こば》むような過酷《かこく》な環境であるが、駱駝たちはさく、さく、と小気味よい足音を立てながら辛抱《しんぼう》強く先を往《ゆ》く。彼らは、こぶに揃《そろ》いの青灰色の布をかけられ、同じ色の外套《がいとう》をまとった男たちを乗せた、選び抜かれた駱駝たちである。いざとなれば空を駆ける鳥のごとく真っ直ぐ疾走することができるものの、今はみな、凛々《りり》しく歩みを揃えている。

一方彼らの乗り手はといえば、前開きの外套《がいとう》の下に赤茶の帯や白の下穿《したば》き、曲刀を装備したバジの衛兵たちであった。一名をのぞいて既婚者ばかりの彼らは、いつもは端まできっちり締めている白い頭巻《ターバン》を首まで覆《おお》えるタイプのものに替え、熱風が吹こうが砂塵《さじん》が舞おうが、真面目《まじめ》な表情を保って未だ影もないロールーリを一心に見据えている。が、

「あっちぃー……」

旅仕様であっても装飾ジャラジャラのゼッカルだけは、すっかりへばっていた。

元々手癖《てぐせ》が悪く衛兵から追われる側の人間だった彼は、「給金が出れば人の金など当てにはすまい」と目されて衛兵となった身である。喧嘩《けんか》は得意で足も速いが基礎体力は他に及ばず、

「ゼッカル、真っ直ぐ前を見てなきゃ落ちちゃいますよ」

隣で駱駝を歩かせるラージャの方がずっとしっかりしている。

踊り子との出会いから、わずか一昼夜後であった。

時がたてば必ず邪魔が入ると踏んで先に支度《したく》を整え、いつでも飛びだせる態勢で出発の報告

を行ったラージャに、案《あん》の定《じょう》というか当然というか、バジ宮殿の石頭たち——もとい高官たちは、こぞって反対の声をあげた。

が、意外にも、巻き起こる叱咤《しった》と説教の嵐は父王の「好きにしろ」の一言であっさり終息をみた。もちろんその言葉の選択からして父王も寛大な気持ちで許可を下した訳ではないのだろうが、結果として父王がラージャを送り出し、またそのために急きょ二十名の衛兵を手配してくれたのは、彼女が旅の目的を素直に告白したからに違いない。

「殿方《とのがた》から平静を奪うこの異常な現象を解明してきます——」

見ようによってはラージャが手当たり次第に異性を誘惑して回っているように見えるあの奇怪な現象を、父王は心の底から嫌悪していたのだ。

ロールーリへ行き、悩殺王女の正体を調べあげ、その原因、あわよくばその異常体質を治す方法まで解き明かす——。

そんな大いなる意義を持ったこの旅は、自分のためのみならず父王のためでもある。そう自負しているラージャは、天地から発せられる焦がされるような熱さも、同じ姿勢で延々駱駝の背に揺られる窮屈《きゅうくつ》さも、なんとか我慢が出来るのだった。

「王女、喉《のど》は渇いておられませんか？　汗は？　気になりませんか？」

少しばかり汗ばんでいる気がして金茶の頭衣《ベール》をつまんで首に風を送っていると、すかさず後方から侍女《じじょ》の気遣いがあった。ラージャは肩越しに振り返り、「大丈夫です」と笑みを返す。

一行は駱駝を使い、ラージャらを中心に無花果《イチジク》型の隊列を作って進んでいたが、ベナだけはロバに引かせた車に乗っていた。

実は北の山の向こう――白肌の国出身であるベナは、馬を日常使いする環境で育ったため、駱駝に乗るのが苦手だ。馬と駱駝では歩き方が違い、慣れない揺れ方に酔ってしまうらしい。加えて彼女の透けるような美肌は強烈すぎる砂漠の日差しに晒《さら》すと真っ赤に灼《や》けてしまうので、全身を黒布で包んだ上で日よけのついた車で移動することになったのだ。もちろん、ラージャもそれに同乗するよう勧められたが、断っている。駱駝が好きなのだ。

中でも、今、ラージャの代わりに歩みを刻んでくれる白駱駝のことは特に気に入っていて、遠乗りはもちろん、街へ下りる時も常に行動を共にしている。日をまたぐような長距離の旅は初めてなのだが、今のところ機嫌よく歩いてくれている。

「ロールーリはまだかー……」

ついに駱駝の首にもたれ始めたゼッカルを見、隣を行くバーリーが目を丸くした。彼にはゼッカルの泣き言が聞こえていないから、具合が悪そうに見えたのかもしれない。

「大丈夫ですよ、バーリー。ゼッカルには修業が必要なんです」

制止するように手を差し出してそう言ったら、バーリーも流れを理解したのか、苦笑交じりにゼッカルの頭をなでた。ゼッカルは不満そうな顔をしたが、言い返す元気はないらしい。

とはいえ、早く到着したいのはラージャも同じだった。目指すロールーリはデトリャー砂漠のほぼ中央。岩の目立つバジ周辺とは違い、さらさらとした金色の砂が広がる地域にある。

無理なく安全な旅を優先するならバジから八日と半日程度はかかるというが、「一刻も早くロールーリへ」という想いがあって、今、一行はキャラバン経由で仕入れた最短ルートを採用している。気温が上がる午後の時間帯の移動を避けるとすると、到着まで、あと二日程度はかかる予定だった。

「――うん？」

行き着いたオアシスでひとときの休息をとり、再度出発してすぐのことだった。それまでしおれた植物のごとくだらけていたゼッカルが、不意に背を伸ばした。

「どうしたんです、ゼッカル」

「……んー……なんか、オレらの他にも近くを歩いてる集団がいるような……」

抜群《ばつぐん》の聴覚を持つ彼だ、それらしい足音でも聞いたのだろう。耳や首に下げた飾りにキラキラと陽を反射させながら、前後左右を見回す。だが、周辺には岩山がいくつか存在している。見通しはそれほどよいものではない。

「……まさか賊《ぞく》ではあるまいな」

この隊を取りまとめる衛兵長が険しい顔つきで警戒する。

一瞬にして緊張が走った。

最短距離だが死角が多いので往《ゆ》くのは不安。そう言ってキャラバンのメンバーがもっとも勧めなかったのが実はこの道なのである。

頼むより先に、バーリーがその千里眼で周囲を窺《うかが》った。やはり岩に邪魔され何者の姿も捉えられないようだ。彼も、みなも、最後にはゼッカルの耳を頼りにする。

「ゼッカル、頑張って探り当てて。どこに、誰が、どれだけいるか」

いつになく真剣な表情で頷いて、彼はさらに耳を澄ませた。誰となしに駱駝の歩みを止め、息を潜め、その答えを待つ。

ゼッカルが、ハッとした。

「──馬だ。多いぞ！」

間髪《かんはつ》をいれず、衛兵長が「全速前進！」の号令をかけ、駱駝たちが砂埃《すなぼこり》を上げて疾走を始めた。

ラージャも含め、みなが分かっているのだ。

馬は機敏性において駱駝にまさるが、身体構造上砂漠の長旅に向いているとは言い難い。つまり、この荒野で馬を駆っているのは単なる旅人などではない──。

「奇襲、奇襲、左後方！」

後列の衛兵が声を上げた。振り返ると、小高い岩山の中腹に黒ずくめの一団の姿が見えた。数はせいぜい十人程度だが、高いところから矢の雨を降らせてくる。やはり盗賊だ。弓で急襲し、混乱しているところを略奪するのが砂漠の盗賊の常套《じょうとう》手段。これもキャラバンから聞き及んでいたのだ。

「だいじょーぶ、この調子ならすぐ諦める」

前傾で駱駝を走らせながらも、ゼッカルは余裕綽々《しゃくしゃく》、言ってのけた。彼のおかげですぐに射程範囲外に逃れたため、弓矢での被害はない。加えて青灰色の衣服が衛兵を示すことは砂漠の各国に共通すること。それに気づけば深追いはしてこないはずだ。

（良かった……）

ほっとし、白駱駝を疾走させつつラージャは確認のために軽く背後を振り返った。

その瞬間、巻き起こる砂塵《さじん》の中に見てしまった。

ベナを乗せた車が遅れている。当然だ、ロバは体力はあるが足が遅い。そのうえ車には荷物がいくつも積んである。駱駝たちとは当然大きく差が開いていて——それを、盗賊たちも見逃してはいなかった。

「ベナ！」

ラージャはとっさに手綱《たづな》を引いた。

「うわ、王女！　何すんだ！」

ゼッカルが、バーリーが、制止しようと腕を伸ばしてきた。が、それらをかいくぐってラージャは駱駝を真逆に走らせた。

「王女、おやめ下さい！」

気づいたベナが叫ぶ。わたくしは命はとられないから――と。

確かにそうだ。たとえ盗賊に襲われても、ベナが殺されることはない。むしろ良い食事を与えられ、きれいに飾られることだろう。砂漠において白肌の女は「人」ではなく希少な「商品」。連れ去られたら、彼女は高級品として売買されるに違いないのだ。

彼女がバジに来た時、まさにそうであったように。

――だから見過ごせない。

「欲を出すな、値のつくものだけ狙っていけ！」

盗賊団の頭領らしき者の声に、他が大声を上げて応じた。素早く車に追いついた盗賊たちは、ロバをひどく叩いて横倒しにし、車の中身を砂の上に散乱させた。ベナも砂上に投げ出され、その乱れた黒衣の下から現れた白い肌と輝く金髪に、盗賊たちが歓喜した。

「白肌の女！　一番の掘り出しもんだ！」

あっという間にベナが賊の馬の背に引きずり上げられる。まさに、物のような扱いだ。

「やめて、ベナを返して！」

「王女やめろって！」

衛兵たちの声を無視して白駱駝をいっそう走らせ、盗賊の前に躍り出る。すでに賊らの曲刀は抜かれていた。女とみてすぐに手出しはしてこなかったが、差し向けられる白刃に陽光が照り返り、目に刺さる。

「なに？　お嬢さんもお友だちと一緒に来る？」

ニヤニヤ笑いながら盗賊が言う。行動派と言われたラージャもさすがに武芸の経験はない、一瞬怯《ひる》んだのは確かだった。

だが、まるきり勝算がない訳ではない。

ラージャは太陽神にすがるように言い放った。

「お願い、悩殺されて――」

澄んだ声が、晴天に吸い込まれるように響いた。もう少し気の利《き》いた台詞《せりふ》を選べなかったものかと一瞬後悔したが、今は瑣末《さまつ》な問題だ。ラージャは首を縮めて反応を待った。

きらり、きらり、再び白刃が光る。ラージャは反射的に身をすくませた――が、盗賊たちは何も害意を持って刀を構え直したわけではないようだった。みな肩を下げて、まぶしげにラージャを見ているから。

(やった、効いてる……)

安堵《あんど》したラージャは、背筋を伸ばし、盗賊たちを見据え、一転、王族らしい威厳をはらんだ声音《こわね》で命じた。

「武器を捨てて、大人しくして」

「――嫌だ」

「え……ええっ、ここで拒否？」

はじめての反応に、戸惑いを隠せなかった。

彼らは目尻が下がっている。あるいは頰《ほお》がゆるんでいる。武器もばらばらと投げ出している。経験則から言えば、彼らは完全に悩殺されており、そうなるとだいたいの相手はラージャに従順になるはずだった。なのに、どうしてか彼らは言うことを聞いてくれない。それどころか、ラージャの周りに馬首を寄せて群がってくるではないか。

「ちょっと、待って。どうして！」

困惑するうちに逃げ場を失ったラージャに、年若い盗賊のひとりがきっぱり言った。

「――あんたはオレのだ。連れて帰る」

「は？」

「いやオレのだ」

「え？」

「引っこめ俺のだ！」

「はい？」

訳が分からないうちに「オレのだ」「オレのだ」と、四方八方から所有権を主張する声が上がり、ついに彼らは仲間割れを始めた。ラージャを巡って争っているのは明白だが、どうやら、商品としての価値を見込んでラージャを独占しようとしている――という訳ではなさそうだ。

（なるほど、こういう反応もあるのね）

盗賊同士が言い争うまっただ中に取り残されたまま、ラージャはひとりそう悟った。

商売人が悩殺されるとあの手この手で自分を売り込み愛を勝ち得ようとするものだが、その点、盗賊は力ずくで手に入れようとするものらしい。極めて迷惑な話だが、盗賊らしいと言えば盗賊らしい。

「あ、ちょっと待って。暴力はダメです！」

端の数名が馬上で取っ組み合うのに気付き、ラージャは素早く注意した。が、気の荒い盗賊同士、やめるどころか争いは段々と激しさを増し、ついにはラージャを囲んだままで殴《なぐ》り合いが始まった。

「や、やめなさい！　危ないでしょ！」

「こらやめろ！　王女にちょっかい出すな！」

追いついてきた衛兵たちが外から抑えにかかるが、盗賊たちはそんな彼らのことも恋敵《こいがたき》とみなしたのか、外野も巻きこんでますます収拾《しゅうしゅう》がつかなくなる。前後左右から乱れ飛ぶこぶし。

ラージャはもはやなすすべもなく頭を抱え、

「もう、誰かどうにかして！」

思わず口走った——そのときだった。

ラージャは、突如頭上に影がさしたことに気づいた。何か。顔を上げかけたところで、強い力に腰から引っ張りあげられた。

ひゅっと息を呑《の》み、反射的に天を仰《あお》ぐ。

すると、大粒の琥珀《こはく》をはめこんだような、金の瞳と視線がぶつかった。

「はぁい、勇敢《ゆうかん》な王女サマ」

瞳の持ち主が伸びやかな声で言った。色も長さも駱駝《らくだ》の毛に似たちぢれ髪の、一見少年。しかし声は女性だ。ラージャは黒い馬に乗っている彼女の小脇に、抱えられていた。

「な、なに……あなた、賊の一味？」

「ちがーう、あたしは王女サマの味方。その名もルキス＝ラキス。気軽にルキスって呼んでね」

顔もそうなら服装も男性的な彼女に、ぱちっと片目をつぶって挨拶《あいさつ》されたが、ラージャは「はい、よろしく」なんて笑顔で応えられるような状況ではなかった。

周囲を見回し気づいたのだ。地面がやけに遠い、と。

ごく、と息を呑み、改めて下を見る。身体《からだ》が駱駝から離れていた。脚は宙ぶらりん。脚衣《シャルワール》の裾《すそ》に寄せたひだが風を受けてヒラヒラしている。

そして恐ろしいことに、男装少女が乗っている黒馬の脚も、地についていない。

「……あの。気のせいですか、宙に浮いている気がするんですが。……この馬、飛んでます？」

「飛んでますよー。でも詳しいお話は後、後。あのお姉さんも助けてあげなきゃ」

言われて改めて状況を見ると、悩殺が効かなかったのかその効果が届かなかったのか、正気を保っている賊の一部が馬の頭を巡らせ逃走していた。ベナも一緒だ。

「ベナ！」

「だーいじょーぶ。あっちはあたしに任せて、王女サマは王子サマの腕の中で休んでてー。なかなかの美形だからぁ」

「え――？」

彼女の話にまったくついていけないまま、ラージャは「シャムスあげるぅー」という謎の言葉を聞くと同時に馬の背から放り出された。

あまりに突然、あまりに急速に下降する身体に、悲鳴も喉《のど》でひっかかる。

その昔、駱駝乗りの練習中に何度も経験しているから正確に予想できるのだ。

下は砂でも落ちれば痛い――。

と、ぎゅっと目を閉じ覚悟を決めたものの、予想よりもずっと軽い衝撃で落下は止まった。

「……何が『あげる』だ……」

呆《あき》れたような、低い声が降ってくる。

つられるようにまぶたを開くと、いったいどこの誰だろう、知らない男の顔があった。

悩殺されても凶暴さを失わなかった盗賊の一団は、それでも衛兵の前ではいつまでも好き放題はできず、捕縛《ほばく》される結果となった。乱暴に扱われて髪や服が乱れ放題だったベナも、バーリーに保護されてすっかり元の黒衣姿に戻っている。

●・・・○・・・●

事態は終結、めでたしめでたしと相成ったが——ラージャはそんなことには気づきもせず、もうずっと、突如出現した「知らない男」のことを見つめていた。

二十歳《はたち》くらいだろうか、ラージャよりやや年長に見える彼は、砂漠の民の中でも比較的色濃い肌の持ち主だった。青の頭巻《ターバン》からこぼれる黒の頭髪は、毛先がやや癖《くせ》を持って首筋をなでている。服装は標準的な旅仕様であるが、眉頭に力のある凜々《りり》しい顔立ちといい、衛兵にも劣らないような締まった体軀《たいく》といい、勇壮な鷲《わし》を思わせるような人物である。

（……この人、誰だっけ……）

知らない顔だったはずなのに、ラージャはいつしかそんなことを考えていた。

見知った顔であったなら、記憶の中の引き出しが勝手に開いて相手の素性《すじょう》を伝えてくれるもの。今は何の知らせもない。だから彼のことは知らないはずだ。

ただ——閉まったままの引き出しの一部がカタカタ動いているような気もする。だから思うのだ、誰だっけ、と。

「……怪我《けが》は？」

不意に彼が顎《あご》を下げ、短く問いかけてきた。ラージャは彼の視線をどこかぼんやり受け止め、

「……わたし、あなたにお会いしたことがあるような気がするんですけど……」

質問とは全く無関係に、口走ってしまっていた。

数拍、彼の視線がラージャに降り、すぐに元の位置へ帰った。

「気のせいでは？　あなたの国とは直接的な関係はないはずだ」

簡単に否定されたが、素直には頷《うなず》けない。いきなり話が国家規模に引き上げられたのだ、少なくとも相手はラージャの素性を正しく理解している。

どこで会ったのだったか。手掛かりを探すように、彼の鉄色の瞳や形のよい眉《まゆ》、少しかさついている唇などを眺め回す。そうしてじろじろ見ていても、まだ頭の引き出しは開かない。

「……奴ら、いきなり戦意を喪失《そうしつ》していたようだが……どういう訳だ？」

彼がすっかり取り押さえられた盗賊たちに目を向け、軽く首を傾《かし》いだ。その視線を追ったラージャはいったん考えるのをやめ、自分のせいだと声高に説明する。

「わたし、悩殺王女と同じなんです。未婚男性の調子を狂わせてしまうみたいで」

「悩殺王女？」

彼が怪訝《けげん》そうに目線を下げたとき、ラージャは「あっ」と声を上げた。

彼のことを思い出したのだ。

街になじまない背中。色付き頭巻《ターバン》を締めているにもかかわらずラージャの「悩殺」が効かなかった、初めての人。バジの街角で遭遇《そうぐう》した相手だ。彼が今、忘我《ぼうが》の求愛に走らないことが何よりの証《あかし》。

「やっぱり会ってます！　ぶつかっただけですけど、わたしやっぱりあなたに会ってます！」

思わず歓喜の声を上げたラージャに、彼はしばらく黙考したのち、何か諦めたような表情で

「ああ、そう言えば」とつぶやいた。実は覚えていたらしい。

しかし彼に偶然の再会を歓迎する気配はない。

（むしろ逆……？）

それと気づいて興奮が治まったとき、ラージャはようやく自分の置かれた状況を認識した。

今、自分は彼の腕に抱かれていた。落下したところを受け止められ、そのままだったのだ。

「ご、ごめんなさい！　わたし降ります！　立ちます！　ご迷惑おかけしました！」

ほんの一瞬で耳まで熱が昇ったことを自覚しながら、ラージャはあたふたと彼から離れた。

気まずさから頭衣《ベール》の端を前に引っ張り、その陰からそうっと顔色をうかがう。

ふつうの未婚男性ならとっくにデレっとして安い口説《くど》き文句のひとつ二つを並べているところだが、彼は表情をゆるませるどころか固くしていた。唇など真一文字に結んで、石のようだ。

やはり、彼には悩殺が効いていない。

（……というより、もしかしてわたし、怒らせた……？）

彼の無表情からそんな推測が生まれた。ラージャの不躾《ぶしつけ》かつ無遠慮《ぶえんりょ》な言動が、不快にさせたのかもしれない。

心配になったところで、「王女！」と、ゼッカルが大声あげながら駆けてきた。元々のつり目がさらにぐんとつり上がっている。

「もー、無茶すんじゃないっすよ！　オレの寿命《じゅみょう》三十年分ぐらい縮まったって！」

「ご、ごめんなさい。でもベナを放っておけなくて」

「誰を放ってでも逃げなきゃいけないのが王女でしょーが！　なのに逆に飛び出すとか！」

「——その飛び出す王女を止められない衛兵もどうかと思うが」

説教するゼッカルに、低い声が反論する。たちまち半眼になった不真面目《ふまじめ》衛兵が、恐喝《きょうかつ》でもするようにラージャの隣の男を斜めににらんだ。

「あんた誰」

「ゼッカル、この人、あの人です。この前街でぶつかった……」

「この前？　……って、ああ、美醜《びしゅう》の判断がつかない可哀《かわい》そうな奴？」

「違います！　態度の変わらなかった人です！」

「んまー、どっちでもいいや。そもそも人間かどうかが分かんない。連れ、ぴょいぴょい空飛んでたし。あんたも化け物？」

太い指輪をはめたゼッカルの手が、曲刀の柄《つか》にかかった。その手を上から押さえながら、ラージャはルキス＝ラキスと名乗った人物を一瞥《いちべつ》する。少年のような服装をしながら女性らしく馬に横乗りになり――宙に浮いている、彼女。

よくよく見ればその馬も、身体全体は右に左に動いても、脚も首も個々には動かず、まったく鳴かず、妙に硬質に見える。木馬のようだ。ゼッカルが「化け物」と警戒するのも当然な、奇怪な姿だ。

「シャムスー、あたし頑張ったからご褒美《ほうび》ちょうだーい！」

問題のルキス＝ラキスが、木馬の上からぶんぶんと手を振った。それが彼の名前なのだろうか、無愛想な旅人――シャムスが、一度彼女の方に注意を向け、続けて、初めて正面からラージャを見た。

「あの賊どもをいただくがよろしいか」

角度が変わっても印象の変わらない、大鷲《おおわし》のような彼。ラージャがやや萎縮《いしゅく》しながらも頷くと、彼は目礼し、空中浮遊する黒木馬めがけて声を投げた。

「ルキス、今すぐ賊《ぞく》をまとめて国へ送れ。兄上に引き渡し、仕事を片付けたらまた戻れ」

「えぇーっ、シャムス人使いあらーい！」

「おまえは人じゃないだろう。行け」

すげなく言われたルキス＝ラキスは、唇をツンツンに尖らせながらも「はぁい」と返事をし、馬の首に手をすべらせた。そうされてもたてがみ一本さえ動かない木の馬が、ふわり、首を巡らせる。馬が高度を上げていくと――いったいどうしてそうなるのか――捕縛《ほばく》された盗賊たちもひとり、またひとりと空に舞い上がっていった。まるで見えない糸に繋《つな》がれたようだ。突風が吹いても、布がなびくように揺れながら馬の後をついて行く。

さすがの盗賊たちもその奇妙な現象に恐慌《きょうこう》状態、バジの衛兵たちもおののいているが、当のルキス＝ラキスは満面の笑み。

「王女サマ、またねー」

と、手まで振ってくる。

「あ、はい。また……」

呼びかけられて思わず手を振り返したラージャは、空飛ぶ木馬と謎の少女、および盗賊たちが遠ざかるさまをぽかんとして眺め――その姿が空の彼方《かなた》に消えた時、ようやく真っ当に疑念を抱いて隣の旅人を見た。

「あの……彼女、何者なんですか？　確か今、人じゃないっておっしゃいましたよね？」

まさかね、という想いを存分にこめた問いかけに、シャムスはいとも簡単に頷いた。

「人ではない。あれは我が国の魔精《ジン》だ」

「魔精！」

さらりと告げられ、目を剝《む》く。ゼッカルも同じだった。

魔精と言えば、砂漠特有の生き物である。人のような姿であったり動物のようであったり、その外見は個体によって千差万別。ただ、共通して人や動物が持ちえない不可思議な力を持っているため、空を飛んでも、地に潜っても、いきなり消えてもおかしくない存在である。

(でも、魔精を連れて歩いていて……しかもそれをあっさりばらすなんて)

真の意味で驚くべきはそこだ。

魔精は人が持ち得ない不思議な力を持つが、そのもっとも代表的なものとして水を生み出す力が知られている。彼らは天水や地下水に頼らず水を自在に操ることができ、本来多くの生物にとって生きるに過酷《かこく》な灼熱《しゃくねつ》の土地に、命の営《いとな》みを成り立たせている。砂漠の随所《ずいしょ》に人が国を作りあげることができたのも、同じく魔精のおかげなのである。

しかし、そうして人の暮らしに密接に関わっていながら、魔精が人前に姿を見せることはほとんどない。賢く、用心深い彼らは、魔精と知られれば都合よく利用されるだけだと分かっているから、うまく他の生物に紛《まぎ》れて己の正体を隠して暮らす。

そして彼らの手を借りて国を作りあげた王たちも、他にその正体を明かすことをしない。それは、魔精を奪われることがつまりは国の滅亡を意味するからで、多くの砂漠の国では、王のみが魔精の正体を知り、彼らを秘密裏《り》に保護することで安定的な水の供給を受ける――という仕組みをとっている。バジもそう。父王以外誰も魔精の正体を知らない。聞いても、決して教えてくれないだろう。

「……魔精を連れて歩いているのなら、あなたもいずこかの王族ですか」

ラージャは問うた。魔精は王の傍にいる。そんな常識と、ルキス＝ラキスの「王子の腕」という発言から推測した。彼の出で立ち——象牙《ぞうげ》色の長衣《カフタン》とその上に羽織《はお》った青の外套《がいとう》の仕立ての良さや、腰に下がった曲刀の意匠《いしょう》の緻密《ちみつ》さも、それと直感させた要因だ。

しかし彼は鳥のように遠くを見たまま答えようとしない。

仕方がないから自分で考えた。ルキス＝ラキスが口にした彼の名——シャムス。ありふれた名だが、そこに王子の肩書きが組み合わさると何か脳裏を揺さぶるものがある。

「シャムス、王子……——ああ、もしやあなたはタクタルの王弟殿下ですか！」

記憶の引き出しが新たに開き、ラージャは思わず声を大きくした。

バジの西に位置する、バジよりやや大きな国がタクタルだ。バジとは直接国交がなく、だから面識もないが、その王弟の名はキャラバンがもたらす噂話《うわさばなし》でよく聞かれる。

彼はタクタル王族でありながら、砂漠の大国・ロールーリの王に後継ぎにと熱望されているらしい。彼の母親は先代のロールーリ王の実妹——つまり現王と彼はいとこ同士という間柄で、まったく血のつながりがない訳ではないが、それでも親から子へと地位を受け継ぐのが一般的な砂漠の国々ではとてもめずらしい話。だからラージャも興味深くその話を聞いたのだ。きっと国を越えて望まれるほど優秀な人物なのだろうと、勝手な想像を抱いたりして。

シャムスの鉄色の双眸《そうぼう》が、やや驚きの色を宿してラージャを見ていた。

「……まさかご存じとは思わなかったが」

「存じ上げておりますよ！　お会いしてみたいと思っていました！」

「社交辞令などけっこう」

噂の王弟殿下を前にやや興奮ぎみに訴えたラージャだったが、返事は味気なかった。まだ先ほどのことを怒っているのだろうか。「感じわりー」と、悪態をつくゼッカルをたしなめつつ、ラージャは姿勢を改める。

「何はともあれ、ありがとうございます、シャムス殿下。おかげさまで――」

「敬称は不要だ。逆に不快に感じる」

「――ってオイ！　うちの王女になんだその態度！　ムカつ――いててっ！」

他国の王弟相手に真っ向から噛《か》みついていくゼッカルを、すかさずバーリーが押さえこんだ。腕をひねられ、彼は泣きそうなほど痛がっているが、そうさせているバーリーの方は実ににこやかだ。彼なりに、場をとりなそうとしているのだろう。しかしシャムスの反応は乏《とぼ》しい。

この人、ちょっと難しい人かもしれない――。

そんなことを考えながらもラージャが部下の非礼を詫《わ》びると、シャムスはたった一言「いや」と返し、気にしていないのかどうでもいいのか、自分の駱駝《らくだ》を傍に呼び寄せた。こぶに揃《そろ》いの赤布《ふぜい》を載せた二頭だ。どちらも互いに紐で繋がれていたが、一頭が乗用で一頭が荷運び用という風情。いずれもなかなか愛嬌《あいきょう》のある顔立ちである。

「あなたも旅の途中のようですね。どちらへ行かれるんです？」

背の高いシャムスの顔を仰《あお》ぎ、ラージャは問うた。返事はやはり短く、

「ロールーリへ」

とある。ラージャは、思わず笑みをこぼした。

「奇遇ですね、わたしたちもロールーリへ向かっているんですよ」

偶然の再会の上に行き先も同じという妙に、声も弾む。相手がまた悩殺の効かない人物だからなおさら親近感がわくというものだ。

「ロールーリ王のお召しなんですか？　魔精《ジン》と二人きりの旅だなんて、何か重要かつ秘密裏《り》のお仕事でも？」

「いや……ただ、貴賓会《きひんかい》に参加を。あなたも同じでは？」

「貴賓会？」

ロールーリで行われる砂漠の王族の集会ですわ——と、ベナに素早く説明され、ラージャは納得の相槌《あいづち》を打った。キャラバン筋から聞いたことがあったのだ。ロールーリで月に一度、夢のように豪華な宴《うたげ》が催《もよお》されると。

「残念ながら、わたしは貴賓会ではありません。ロールーリ王にお願いして語《かた》り部《べ》をご紹介いただこうと思っているんです」

自分の悩殺遍歴《へんれき》や踊り子との出会い、慌ただしい旅立ちなどを、順に説明する。

シャムスの反応は、やはり乏しかった。乏しかったがそれまでとは少し様子が違う。

彼が、じっとラージャを見るのだ。

「あの、どうしました?」

正常な独身男性に不慣れなせいか、そうして見つめられたらどぎまぎして、ラージャは早口に問いかけた。すると彼は薄く唇を開き、

「ロールーリ王への面会は三月以上前から打診《だしん》しておかねば叶わないはずだが」

「え?」

は——うそ——へ——と、聞いていた周りの衛兵たちの間から悲愴な声が漏《も》れた。

悩殺王女の噂を聞いて一日でバジを飛び出した身である。当然のことながら面会の約束など取り付けていない。そしてもう旅の行程は半分以上消化している。

「……無駄足……?」

「うおおお王女ー! オレここまで来るのにすっげーしんどかったのにいいいい……!」

バーリーを振り切って吠えたゼッカルが、言うなりぱたりとそこに倒れた。他の衛兵たちは何も言わないが、その視線が痛い。ただしバーリーだけは不思議そうな顔できょろきょろしている。話についていけなかったのだろう。

「……みなさんごめんなさい……」

ラージャはこれ以上ないほど肩を竦《すく》めた。

「少々気がはやりすぎましたな」

衛兵長が、慰《なぐさ》めとも諫言《かんげん》ともとれる言葉をかけてくる。

まったく反論の余地がない。この件ばかりではない、先ほどの盗賊《とうぞく》のこともそうだ。時間がかかっても安全な道を選んでいれば危険が迫ることはなかった。自分の軽率《けいそつ》さがみなに迷惑をかけたのだ。

「……必要なのは王なのか、語り部なのか」

しゅんとするラージャに、シャムスが静かに声をかけてきた。

「語り部に会うだけならば王に願い出る必要はない。彼らは宴席に必ず呼ばれるものだ」

確かにそうだとラージャは頷く。音楽と舞踊、語りは、宴《うたげ》の余興《よきょう》の最たるものだ。

「でも王お抱えの語り部です、ただの宴にはおいでにならないでしょう?」

「確かに。だが貴賓会《きひんかい》では毎回見かける」

その瞬間ラージャ以下、バジのみながハッと息を呑《の》んだ。一同の視線は指揮したようにタクタル王弟に注がれている。

ラージャは、ごくりと喉《のど》を鳴らし、神妙な面持《おもも》ちで彼の傍に寄った。

「あの……シャムス」

「同伴のひとりくらいは許される」

「ご一緒してもいいんですか……!」

瞳キラキラで感激するラージャに、シャムスは「相応の身なりが必要だが」と釘を刺した。確かに動きやすさを優先させた今の脚衣《シャルワール》姿は王族の集会に相応《ふさわ》しくはない。ラージャはすぐに後続の車を振り返る。

「お任せ下さい、お支度《したく》は万全でございます」

聞いていたベナが、心得ているとばかりに素早く答えた。

ラージャはぱあっと顔を輝かせた。衛兵たちも、みなほっとしたように肩を下ろす。

しかしシャムスはそんな反応を丸ごと見ないふりをするように、駱駝を座らせ、さっとその背にまたがった。二頭の駱駝ががっくん、と立ち上がり、二、三度その場足踏みをする。

ラージャも急いで白駱駝に飛び乗って、彼の駱駝と鼻を並べた。

「よろしくお願いしますね」

笑いかけるラージャに、シャムスは相槌《あいづち》以外何も——言葉も、笑みも返さない。しかしラージャはちっとも気にしなかった。

盗賊《とうぞく》に遭《あ》ったのは誤算だったが、今回の目的は意図せず異性を悩殺しまくる現象を解明、そして解決することである。その悩殺が効かないシャムスに旅の初めに出会えたことは、目的を果たす上で非常に大きな意味がある。幸先《さいさき》はいい、よすぎるくらいに。

ラージャははつらつとした気持ちで前を見た。

ロールーリは未だその影も見えないが、明るい未来はしっかり見えているような気がした。

予定はたいていにして狂うものだが、予想を越える方向に予想以上の速さで転がり始めた現実に、彼はおおいに困惑していた。

●・・・〇・・・●

バジの王女にはいずれ接触したいと思ってはいたが、こんなふうに接触するつもりではなかったし、今はその時ではなかったはずなのだ。

にもかかわらず、その王女と駱駝を並べ、旅路を共にしているこの現状。

いったいどうしてこうなったのか。自ら同行を許したくせにシャムスは心底疑問に思った。

手を差し伸べたことそれ自体を少しも悔いてはいないから、なおさら不思議な話である。

（まあ、いい）

シャムスは思った。たとえ暗闇に突き落とされるような最悪の事態に陥《おちい》っても、考え方ひとつで希望の光は見えるもの。今だって——最悪の事態には程遠いが——同じだ。予想外の展開になったならば、予想外の何かを摑《つか》む機を得たのだと考えればいい。

たとえば——そう、こうして同行していれば、バジ王女にまつわるさまざまな噂の真偽を直に確かめることができる。

砂漠の方々で聞いた「月のように美しい」という評判——これが嘘ではないことは街で遭遇《そうぐう》

した時に思い知らされていたが、「親しみやすい人だ」と、バジの民が口々に言ったことは、彼女と直接言葉を交わして初めて事実と分かった。

同じように、いずれ真実が分かるはずだ。シャムスの一番の関心事——「未婚の男を一瞬でかしずかせる」という、いかにも作られたような噂。

率直《そっちょく》に、シャムスはデタラメだと思っている。バジ側でただひとり色付き頭巻《ターバン》を締めた衛兵や、他でもない自分自身が「そう」ならなかったからだ。

しかし、肝心《かんじん》の王女は「そう」だと認め、原因追及のために旅にまで出ている。

嘘かまことか。

判断するには時間が必要だ。——この噂の真偽は重要だけに、なおさら。

「なー、あんた」

控え目に美貌《びぼう》の王女を観察しているうち、やけに軽薄な格好をした衛兵ににらまれた。

最初から思っていたが、程度の低い衛兵だ。自分の言動が主の顔に傷をつけかねない、という自覚がまったくない。その点でとても程度が低いと感じる。

しかし他国の衛兵のことに口を出す義理はない。「何だ」と極めて事務的に問う。

衛兵は、舌打ちせんばかりの表情で言った。

「なんであんたは悩殺されねーのか、不思議で不気味でしょうがねーんだけど」

一瞬眉間《みけん》にしわが寄る。別に、不快に思ったわけではない。その発言に関心を持ったための反応だったが、周りの目には違うように映ったのだろうか、別の衛兵が彼との間に慌てて駱駝《らくだ》を割りこませてきた。言語に不自由のある、しかし先の彼よりはずっと礼儀を知っている衛兵だ。とりなすように頭を下げてくる。

するといつから見ていたのか後方から黒衣の侍女《じじょ》も、

「お許しくださいませ。ゼッカルは殿下に王女の魅力が伝わらないのが悔しいのですわ」

と、冗談めかして言い添えた。

妙に息のあった連中である。

急に気が削《そ》がれて、シャムスは前を向いた。

「さっさと悩殺されりゃいいのに」

ゼッカルのふてくされたようなつぶやきが耳に入る。その態度はやはり問題が多いが、発言は興味深い。あくまで「悩殺されて当然」というのが彼らの大前提であるらしい。

されてたまるか。

シャムスは心で強く反論した。

仮に悩殺王女に魅了されたとして――待っているのは地獄絵図。冗談じゃない。

●・・・○・・・●

白金の太陽を浮かべる海原《うなばら》のような碧天《へきてん》。知らず無口になって眺めてしまう暮れ時の紫の空。深く美しい紫紺《しこん》の夜闇。新しい日を迎え入れる、黄金の暁《あかつき》。

一行がロールーリに到着したのは、さまざまに色を変える空を二日分堪能《たんのう》したその後——大地の果てに巨大な夕日が横たわり、砂漠を真っ赤に染め上げていた頃だった。

防犯と砂防の役目を担《にな》う分厚い城壁に徐々に近づき、門で素性《すじよう》と荷を仔細《しさい》に検《あらた》められ、ようやく入国がかなったあと、馴染《なじ》みの宿があるというシャムスとはいったん行動を別にした。ラージャは——衛兵長などはいい顔をしなかったが——ロールーリで一番大きな隊商宿を滞在拠点にすることを決めていたのだ。

そこで、衛兵たちともども、貴賓会《きひんかい》開催までの丸一日の時間をゆっくりと過ごした。

「でもさ。あーんなあっさり信用していいんすか、あいつのこと」

貴賓会当日、いつものようにチャラチャラしたゼッカルが、ふてくされた顔で訴えた。

彼の言う「あいつ」とはシャムスのことだ。初対面の印象がよくなかったのか、ゼッカルはすっかり彼を敵視してしまっていて、何かにつけて喧嘩《けんか》を吹っかけようとしてはバーリーに抑えこまれ、ラージャに叱《しか》られていたのだが、まだ懲《こ》りていないらしい。

支度も大詰めのラージャは、ベナに服を細かくいじられながら、首だけをゼッカルに向ける。

「何を疑うことがあるんですか。手助けしていただいて、貴賓会にも同行させてくださるんですよ？　優しい方です」

「でも愛想なさすぎて、何考えてるか分かんないっす」

「そこについては弁護の余地がありませんけど……」

ラージャは斜め上を見ながら二日の旅路を思い出した。

タクタルの王弟殿下は、道中、同じ目的地を目指していながらついぞバジの一行になじむことはなかった。

彼ときたら、話しかければ一応返事はするが、だいたいひと言の応酬《おうしゅう》で会話は終了。顔色は常に一定、作り物のように砂漠の先だけ見据えていて、周りの雑談は聞いていないのか笑いが起こってもひとり静か――という有様。ラージャが彼に対して抱いた「難しい人」という第一印象は、未だに覆《くつがえ》されないままなのだ。

（……寡黙《かもく》とか言う以前に、あまり自分を出さない人、なのよね）

それがラージャの彼に対する見解である。

話が広がらないという意味ではバーリーも同じだが、彼は楽しい話は笑って聞くし、よくない話は険しい顔で聞く。ラージャを諫《いさ》めるときにはしかめっ面《つら》で首を振ってくれる。つまりバーリーの場合は無言の反応でもきちんと感情が伝わる。

一方シャムスは言動のほとんどに心情が透けて出なかった。しかも表情を読もうとしたら顔を背けられるのだ、まるで近づいた途端に逃げ出してしまう鳥のよう。ゼッカルが不審に感じてしまうのも無理はない。

ると思いませんか？」

「でもゼッカル。一日会っただけでデレデレする人より、理性的な彼の方がよほど信頼に足りると思いませんか？」

「そーっすかねー……いやまあ、今さらデレられてもムカつくけど。うん、ムカつく」

ゼッカルが、手首の飾りを鳴らしながら顎《あご》をかいた。そんな彼を、バーリーが表情だけで叱《しか》りつける。他国の王族相手に失礼な――と言ったところだろうか。真面目《まじめ》な彼は道中何度もそうしてゼッカルをたしなめてくれていた。シャムスが怒らなかったのも、彼の気遣いのおかげかもしれない。

「ですが、今日の王女のお姿をご覧になればさすがの殿下も悩殺されてしまうかもしれませんわ。こんなにおきれいなんですもの」

裾《すそ》を整えていたベナが、いったん手を放してラージャを鏡の前に導いた。

寄せ木細工の大きな鏡に映りこむのは、慣れない盛装に身を包んだバジの王女。

「……ベナ。これ、やっぱりちょっと派手じゃありません？」

右を向き、左を向き、全身を確認してから、ラージャは紅を引いた唇をもごもごと動かした。

王族の集会に参加するのだ、身なりに気を遣うのは当然のことだと分かってはいる。だから日が昇ったばかりの時分から浴場《ハンマーム》へ連れ込まれ、身体《からだ》中を磨《みが》かれ、ひと粒の砂さえ残さないようにしつこく髪を洗われ、全身くまなく香油をすりこまれても何ら文句は言わなかった。

だが、この部屋に戻って侍女がラージャに着せたのは、よく熟れた林檎《りんご》のような、強い赤の長衣装《ガラベーヤ》である。

「あら。お気に召しませんか？」

心底不思議そうな顔をして、ベナがラージャの恰好《かっこう》を上から下まで眺めた。

長衣装は金糸で蔓花《つるはな》模様の縁取りをされ、腰には女性らしい曲線を際立《きわだ》たせるように、連真珠を絡めた砂色の帯を締めてある。頭部を飾るのは髪に移したバラ水の香りと、服と同じ意匠《いしょう》の赤い頭衣《ベール》。膝裏に届くほど長いそれは、裾《すそ》に金貨飾りがついており、歩くたびに涼やかな音が鳴る逸品。飾りの分だけ重量があるので、ルビーを吊るした金の細冠《サークレット》でいつも以上にしっかりと固定されている。

二連の首飾りや手首に通された六本の華奢《きゃしゃ》な輪飾りも、まぶしい金と赤石でできた品々だ。指には日常的につけているお守り代わりのリングに加え、華やかな造形のものが重ねられ、靴《くつ》さえも甲に赤石が散りばめられた豪奢《ごうしゃ》なものに変えられている。

ベナは、それらをひとつひとつ点検し、最後に全体を眺めて「うん」と大きく頷《うなず》いた。

「鮮烈な赤ときらびやかな黄金……大変調和がとれておりますわ。お肌の色にも合いますし」

「そういう問題ではなくて」

ラージャは言い返した。決して赤が嫌いというわけではないのだが、近頃のラージャは日頃の行いを反省して「人の心を落ちつける効果がある」という青い色のものを身に着けるよう心がけている。宴席だとすれば人も多かろう、その中には未婚男性だっているはずだ。目立たない装いがいいのでは、と、考えたのだ。

しかしそこまで訴えても、ベナは「よいのです」ときっぱり言い切った。

「貴賓会には多くの姫君たちが贅《ぜい》を尽くした装いで参加しているはずです、王女も全力で着飾って対抗せねば」

「対抗って……別に勝負ではないんですけど」

「当然です、王女の美貌《びぼう》にかなう姫君がおられるとは思いませんし、会場の殿方《とのがた》の視線は王女がひとり占《じ》めなさることは確実、端《はな》から勝負になりませんわ」

完全に論点がずれているベナは、いつまでも不安な顔をするラージャに鏡越しに笑いかけた。

そして最後に、新品だろう、これまでラージャが見たことのないルビーの耳飾りをつけながら、

「王女。あなたが着飾るのはご自身のため、そしてシャムス殿下のためです。お連れさまがお美しい姫君なら、殿下も鼻が高いでしょう？」

「……確かに、わたしのせいでシャムスに恥《はじ》をかかせるようなことがあってはいけませんね」

「ええ。だから最善を尽くさねば。装いも、振る舞いも」

なるほどそういうことなら、と、ラージャはようやく納得して、鏡の前で胸を張った。

開き直ってしまえば案外悪くない気がしてくる。

それに、誰かのために着飾るなんて初めてのことだ。

そう考えるとなんだかわくわくしてくる。

「二人とも、男性から見て何かおかしなところはありませんか？」

念には念を、と、ラージャは従者二人に問いかけた。バーリーはまず首を横に振って、腹の前で手を叩いてくれた。称賛してくれているようだ。

一方のゼッカルはというと、なぜかあさっての方向を見ている。

「ゼッカル？　どうしたんです、何か変ですか？」

「いや。王女がまぶしすぎて直視できないだけ」

「だったら無理して見なくてもいいです」

「いや見る、見るけどさ！　うわ、見たら目から何か熱いものが……！」

目元を覆《おお》って大げさにのけぞる彼に、ラージャは「はいはい、好きなだけ泣いて下さい」と苦笑した。それはバジ王女周辺でよく見られる日常の風景であるが――今日ばかりはゼッカルには留守番をさせようと、心ひそかに思うラージャであった。

●・・・○・・・●

デトリヤー砂漠には大小様々な国が存在するが、大国を挙げるとしたら誰もが真っ先にロールーリの名を出すことだろう。

地理的にも砂漠のほぼ中央に位置し、人口、領土、経済力に他国への影響力、果ては後宮《ハレム》の規模まで、ありとあらゆるものが砂漠一を誇る砂漠の中心的存在だからである。

そんなロールーリで行われる貴賓会。会場となるのは、国の中央にそびえる宮殿である。太陽からしたたり落ちたような金の丸屋根や、天を突く尖塔《せんとう》、北国の乙女《おとめ》の肌のような白壁を持つロールーリの宮殿は、「黄金宮殿」の異名に相応《ふさわ》しく、華やかで、美しかった。砂色のバジの宮殿とはまるで違う。めまいがしそうなほどの豪華さである。

そんな大宮殿の、城門をくぐった時点で、ラージャは派手だと感じていたこの赤の装いを選んだことを「よかった」と思い直していた。内部に足を踏み入れればなおさらだ。宮殿は屋内もタイル装飾があざやかで、そこを行き交う人々も——恐らくは貴賓会《きひんかい》に招かれた客人たちだろう、己が財力を全身で示すかのように着飾っていたのだ。地味な服装をしていては使用人に間違われかねない。その点においては、ベナの助言を聞きいれて大正解だった。

一方で、侍女《じじょ》の予想には大きく外れてしまったものもあった。

綺羅《きら》を飾るラージャにシャムスが悩殺されるかも——という、アレである。

結論から言えば、彼は悩殺されるどころか、感想ひとつ述べることなく、合流するなり「供はバーリーか。賢明だ」と、護衛の方に関心を抱く有様だった。今だって、砂漠を往《ゆ》く時とまったく同じ、鷲《わし》が遠くを見つめるような顔をして黙々と宮内を歩いている。

人の服装になど興味はないのか、そもそも意識の中に入ってもいないのか。普段より頑張っているつもりのラージャにとっては、少々がっかりな結果である。

（……別にいいんだけど）

侍女と衛兵を従え、頭衣《ベール》の金貨飾りをしゃらしゃらと鳴らしながら、ラージャは隣を歩くタクタル王弟をそうっと見上げた。

ラージャの方は、待ち合わせ場所でシャムスを見た時に少なからず感嘆したのだ。

彼は夜の空の色と同じ——深い紫紺《しこん》の衣服をまとっていて、その表面には微妙にニュアンスの違う色で薄く蔓葉模様が浮き上がり、同じ模様が、腕や指を飾る黄金にも刻まれていた。黄金と言っても、夜空に輝く満月のように嫌味のない輝きを持った品で、全体として落ち着きのある色合い。それがかえって王弟である彼に相応しく見えた。

砂漠の王族は頭巻《ターバン》に羽飾りをさす習慣があるが、他国に招かれた時は相手国に敬意を表して外すもの。今は彼もさしていないが、このいでたちで額に真っ白な羽を立てたなら、さぞ立派であろうと思った。だから、

「さすが王弟殿下、お似合いです」

合流したとき思わずそうして絶賛してしまったのだが、シャムスの反応はといえば、昨日もおとといもそうだったように軽く目礼を返すくらいのものだった。

（悩殺の効かない人には好かれないものなのかしら……）

頭衣の下で肩を落としながら、しずしずと歩みを刻む。顔色に気づいたバーリーが、励ますように頷《うなず》き、ベナが笑顔を促すようににこりとした。それで、少しだけ気が晴れた。

案内係に導かれ、角を左に折れた。

目を疑うような緑豊かな庭を左手に見ながら、美しいくびれを持つ柱が行儀《ぎょうぎ》よく並ぶ回廊《かいろう》を行く。ほどなく、弦楽器楽の調べと人の賑《にぎ》わいが耳に届き、やがてそれらしい会場が見えてきた。柱廊《ちゅうろう》と続きになった、大広間である。端から見ると反対側の人間の顔がかすんで見えるほどの広さがある。

「華やかですね」

シャムスの後をついて早速会場内に入ったラージャは、右に左によそ見をしながら歩いた。

バジは国として倹約を推奨《すいしょう》しているため、こんなに華やかな宴席が設けられることはない。かと言って他国の社交場に出たこともないから、山と盛られた彩《いろど》り豊かな果物も、ガラスの器《うつわ》を重ねて作られた飾り物も、目に映るもの何もかもがめずらしかった。

「うん?」

「え?」

きょろきょろしているうち、ひとりの男と目が合った。赤と黄がまだらになった毒々しい色合いの頭巻《ターバン》を締め、同じ配色の服をまとった、特異なセンスを持つ青年だ。

「こんにちは。初めてお見かけしますね」

彼は真っ直ぐラージャの元へやってきて、奇抜な格好とは裏腹に、実に行儀よく挨拶《あいさつ》した。

「ぼくはラフルマーンといいます。あなたは?」

名を問われたが、ラージャはすぐに答えることができなかった。彼のいでたちに驚いてもいたが、何より、色付き布を締めていながら彼がふつうに挨拶してきたことに驚いたのだ。

（どうして？　この人も悩殺されてない……）

ラージャは作り笑いで応じながら、相手の目の色や表情を観察した。やはり、悩殺されている気配がない。なぜだろう。混乱しつつもようやく名乗り返そうとすると、軽く息を吸ったところで横から邪魔が入った。割りこんできたのは、シャムスである。

彼は物も言わずにラージャの前に立ち、まだら頭巻の男に鋭い視線を向けた。すると男は、「これは失礼、お連れの方がおられたのか」と肩をすくめ、あっさりと離れていく。

この引き際の良さ、やはり彼は悩殺されていない。

ラージャはすぐさま侍女に肩を寄せた。

「ベナ。今の人も悩殺が効きませんでしたよ。どういうことでしょう」

「だまされてはなりませんわ、王女。色付き頭巻を締めて独り身を装っているだけです」

「え？　そうなんですか？」

「ええ。奇抜な装いを好むラフルマーンと言えば有名です」

「バッタートの第三王子だ。手が早いことで知られている、関わらない方がいい」

ベナの言葉を継ぎ、シャムスが忠告した。が、ラージャは忠告とは無関係に、「バッタートの方ですか！」とやや声を弾ませ振り返る。彼はまだ近くにいて、早速別の女性に声をかけているところだ。

「あの、ちょっと待っていただけますか。改めてご挨拶してきます！」

「挨拶？　関わるなと言ったはずだが」

「でも、バッタートに売り込みたいものがあって。きちんと挨拶しておいた方が後々いいかと思うんです。ねえ、ベナ」

露骨に顔をしかめるシャムスの前で、ラージャは侍女に目配せした。バッタートと言えば先日「景気がいい」と教わったばかりの国である。ベナたちとも、例の銅版飾りの売り込み先にバッタートを、と、相談していたのだ。この機を逃すのはあまりに惜しい。

今にも飛んでいきそうなラージャを、しかし他ならぬベナが止めた。

「王女は殿下と語り部をお待ちになって下さい。バッタートの方は、わたくしにお任せを」

「あなたに？　でも……」

ラージャはたちまち及び腰になった。当然だろう、たった今「手が早い」と聞かされた相手に、美人のベナを接触させるなど、ハイエナの前に子ウサギを放りだすようなものである。同じように考えたのかバーリーも難しい顔をして、「自分も一緒に行く」と身ぶりで主張する。

「ひとりで大丈夫です。バーリーは、お二人にお食事をお持ちして。はぐれないようにね」

ベナがにっこりとし、反論する隙《すき》を与えず颯爽《さっそう》とまだらの頭巻《ターバン》を追いかけた。そこでバーリーも諦めたのか、ラージャに苦笑を向ける。「仕方がないがベナなら大丈夫」。そう言っているような気がして、ラージャも頷《うなず》いた。彼女はしっかりした大人だ、心配はいらないだろう。

「ごめんなさい、シャムス。行きましょう」

気を取り直して促すと、彼は一瞬ベナに目を向けたもののそれ以上は何も言わず、静かにつま先の向きを変えて歩きだした。

人と人の間をウードの音色と花の香がゆったり漂う黄金宮殿。シャムスは迷いのない足取りで食事が提供されている一郭を素通りし、果実の香りあふれる銀の杯を受け取り、客らが絨毯《じゅうたん》の上に思い思いに腰を据えている一帯で足を止める。

彼に気づいた周りの客らが、当たり前のように席を空けた。さすがロールーリ王の後継者と目されているだけある、周囲も彼を意識している様子だ。ただ、彼に向けられる視線はどことなく複雑なものに見える。きっと彼が「異国生まれの後継者」だからだろう。ラージャはひとまず、その繊細な話題を振ることだけは避けようと決め、

「シャムス、ずいぶん慣れてるんですね。貴賓会《きひんかい》にはいつも参加を？」

「必要があれば」

「では今日も何かご用があるんですか？　どなたかとお約束とか」

運ばれてきたクッションに身を沈めながら、ラージャは心もち声を潜めた。というのも、周囲を見回すと肩を寄せ合う男女の姿がよく見られるからである。

事前にベナから聞かされていたことには、貴賓会は月に一度開催されるもので、砂漠の王族

の中にはこの貴賓会を唯一の機会として逢瀬《おうせ》を楽しむ恋人たちもいるのだという。シャムスがそうでないとは断言できない。周囲からは関心を持って見られているし、「いつもと相手が違う」などと思われている可能性もゼロではない気がしたのだ。

しかしそんな心配をよそに、シャムスは至極《しごく》あっさり言った。

「私の用は後でも構わない」

「あ、そうですか……」

応酬《おうしゅう》はそこで終了。いっぺんに手持ちぶさたになり、ラージャは間を誤魔化《ごまか》すように、もらった杯に口をつけた。

(うーん……やっぱりよく分からない人……)

バーリーが料理をとりに行き、二人きりになって、ラージャは甘い果実の酒を味わいながらそんなことを考える。特に会話もないので頭衣《ベール》の陰からこっそり観察してみるのだが、彼は周囲の誰と話をする訳でもなく、妖艶《ようえん》な踊り子に見とれる訳でもない。つまりこの宴席を愉《たの》しんでいる気配がまったくない。ただそこに存在しているだけだ、相変わらず考えも見えない。

(……でも優しいことは優しい、のよね……?)

盗賊《とうぞく》の一件しかり、今回の同伴しかり。そして先ほどの一件も。危ないと分かっている人物を、最初から遠ざけてくれた。通常の反応は乏《とぼ》しいくせに、肝心《かんじん》な時に親切なんて、ちょっと面白い。なぜか頬《ほお》がゆるみそうになる。

（でも、待って）

ふと冷静になった。

先ほどのバッタート王子に悩殺が効かなかったのは、彼が実は既婚者だったからだ。

（……ということはまさか、シャムスも……？）

疑念に満ちた視線を、隣の彼の頭部に注ぐ。未婚を示す——はずの紫紺《しこん》の頭巻《ターバン》。

「……何か」

気づいたシャムスと目が合って、ラージャはしばらく口をつぐんだ。聞いていいだろうか。よしたほうがいいだろうか。迷ったものの、最終的にこらえきれず、

「……シャムス。あなた実は国に奥さまが——」

「——いない」

即答された。ラフルマーンと一緒にするなと言わんばかりのため息つきである。

「ご、ごめんなさい！　ですよね、独り身を装う必要なんてないですもんね！　よかった」

（って——何が「よかった」？）

口走ってからはたと気がつく。知り合ったばかりの相手に対して独身でよかった、なんて、ちょっと意味深な言い方ではないか。

「あ、あの、あなたに悩殺が効かないから、実は既婚者じゃないかと邪推してしまったんです！　そうじゃなくて、他に原因があるなら、その方が望みが持ててよかったって、いうこと

です！」

大慌てで言い直すと、シャムスは実に不思議そうにラージャを見つめてきた。大鷲《おおわし》みたいな、しかし怖いとは思わない面立《おもだ》ち。真っ向から見られると、なぜかだんだん脈が駆け足になってくる。あたふたと視線を外しながら、独り身の相手とまともに目を合わせることに慣れていないからだ——と、ラージャは自分で解釈したが、数ヶ月前にバーリーに着任の挨拶《あいさつ》を受けた時はこんなふうではなかった気がする。

なんだかよく分からない。どうしてこれほど落ち着かないのか。

そうして軽く混乱するラージャをよそに、シャムスはごく当たり前のように言った。

「……むしろ効かないことがふつうのような気がするが」

え……と、目をぱちくりとさせる。効かないことがふつう——悩殺されないことが、ふつう。

「そうか……そうですよね。いけない、わたしちょっと感覚が麻痺《まひ》しているみたいです！　本当なら『悩殺されないあなた』よりも『悩殺されるみなさん』の方が異常なんですよね！」

「私に言わせればあなたの言う『悩殺』それ自体が怪しい。本当なのか」

「本当ですよ。悩殺された盗賊たち、あなたも見たでしょう?」

何を今さら、と思って言い返すも、シャムスは軽くかぶりを振るばかりだった。

「盗賊たちが競ってあなたを欲しがるのは理解できる範疇《はんちゅう》だ。それに、ここでも誰にも変化がない。あなたの言うような現象が本当に起こるのなら、今頃ここは大騒動になっているはずだ」

「——そう言えばそうですね」

指摘されて初めて気づいて、ラージャはよくよく周囲を見回した。

会場にはあふれんばかりの客がおり、その中には当然、色付き頭巻《ターバン》を使用している男性も少なくない。だが、今のところ女好きの既婚王子以外、ラージャに言い寄る者はいない。

興味深くてあちこち見ていれば、自然、目が合う人もいる。注意していてもこの客数だ、時には身体《からだ》がぶつかった人もいた。けれど誰も、いつものように悩殺はされなかった。

（まさか全員が全員独身を装った既婚者だなんてことはないでしょうし）

「もしかしてシャムスのおかげ……？」

「は……？」

「いえ、悩殺の効かないあなたがいるとその周りの人まで効かなくなるとか、あなたがいるとわたしの悩殺が抑制されるとか。根拠はないんですけど思ったんです。あなたの傍にいると何も起こらないのかも、って」

ラージャの推測に眉《まゆ》をしかめたシャムスが、自分の目でも確かめるように周りに注意を向けた。ラージャもまた彼に倣《なら》う。やはり、周りの客らはみなラージャを見ているが、誰の態度にも変化がない。

（ん……？　みんな見てる……？）

気づいたラージャは、「あの」とシャムスの肩に頬を寄せてささやきかけた。

「わたし、やけに見られている気がするんですけど気のせいですか……？」

問いかける声が小さくなる。今、はっきり気づいたからだ。

見られている。

しかも未婚男性ばかりではない。周りにいる客たちが、同性も異性も老いも若きも、こぞってラージャに注目している。やたら目が合うのでシャムスを見ている訳ではないだろう。彼らは確かに、興味を持ってラージャに視点を定めている。

「どうしてこんなに見られてるんでしょう……もしかして流行遅れですか、この服」

「……服の問題ではなくあなたがおきれいだからでは？」

シャムスが言った。弾みで頷きそうになったラージャは、その途中で首を止め、アーモンドの双眸《そうぼう》でゆっくりと彼を見上げる。

「……あの。わたし、今あなたに褒《ほ》められました？」

問うとシャムスも首を傾けてくる。

相変わらず感情の見えない顔。しかし心なしかまばたきの数が多い。

いっとき奇妙な沈黙が生まれる。

そんな気は少しもしないが、聞き違いだっただろうか。ラージャが首をひねったとき、

「……忘れていただいてけっこう」

シャムスがよそを向いた。

半分だけ見える彼の顔にはやっぱり表情がない。

けれど、十秒前の無表情とはどこか違う。そう、言うなれば掘った穴を急いで埋めてしまった感じだ。元に戻したつもりが戻りきっていない――。

「ごめんなさい、シャムス。あいにくわたし、記憶力はいい方なんです」

急におかしくなって、ラージャは口を覆《おお》って笑いだした。シャムスがため息をついても、眉間《みけん》をもみほぐしても笑った。胸の内側がむずむずして、とても黙っていられなかったのだ。

「……ラージャ王女」

「敬称なんて要りませんよ？」

「…………ラージャ」

「はい、なんでしょう」

勝ち誇った気分で振り向く。

途端、ぐぐっと頭衣《ベール》を前に下げられ、視界が暗転した。

「ちょっと、何するんです」

「これで人目も気にならないだろう」

鉄面皮《てつめんぴ》の王弟殿下はのたまった。

「そ――それ親切で言ってます？　意地悪のような気がしますけど！」

「強《し》いて言うなら仕返しだ」

「ええー？　あなたもそんなことなさるんですか？」

口を尖らせ抗議すると、料理を手に戻ってきたバーリーが、なぜかほほえましいものでも見るように口元をほころばせていた。

語《かた》り部《べ》はなかなか出てこなかったが、それでも有意義な時間が流れていた。

三種豆の和《あ》え物や羊肉の煮込み、甘く煮た林檎《りんご》や氷菓子など、用意されていた料理はどれも美味《おい》しく、次々披露《ひろう》される音楽、舞踊、曲芸も華やか。相変わらず話の弾まないシャムスも、返す言葉がひとことから二言三言に増えているから劇的な進歩で、このまま続けたらいずれ楽しめるくらいの会話ができるようになるかもしれない――などと想像すると余計に胸も弾む。

そうして宴《うたげ》をめいっぱい楽しみ、いつしか本来の目的も忘れそうになっていた夕方、太陽が赤みを持って砂漠の果てに沈もうとした頃。絶えず会場に流れていた賑々《にぎにぎ》しい音楽が、唐突《とうとつ》に途絶えた。代わりに、客らが「わあ……」と何やら期待のこもったため息を漏《も》らしていっせいに移動を始める。

「語り部が出るな」

シャムスが背筋を伸ばして先を見た。広間の中ほどに人の輪ができており、その中心に、ウードを抱えた人物が歩み出ていた。顎《あご》から三角の髭《ひげ》を伸ばした、背の小さな老人だ。

「ちっちゃいおじいちゃん……きっとあの人です」

「パシパ殿か」

「ご存じなんですか」

「有名な方だ。最高齢で、芸歴も長い」

「それは期待できますね……！　わたし前の方に行って、悩殺王女の話をお願いしてみます！」

「いやしかし……」

シャムスが言いかけるのも聞かず、ラージャは腰を上げた。ひらひらとまとわりつく裾《すそ》をおさえ、小走りに中央に向かう。が、彼の出番を待ちわびていた客が多いのか、人の輪は厚く、前の方はすでに他の客が腰を据えているのでなかなか最前列までたどり着けなかった。

「すみません、通して下さい。ちょっと、道を開けて下さい……！」

声を張りながら人の間を縫《ぬ》う。多少迷惑そうににらまれたが覚悟の上だった。図々《ずうずう》しく割りこんで、小さな語り部の前までもう少し――というところで、ラージャは急に手を引っ張られた。見れば知らない男に捕まっている。

「あの、なにか……」

聞きかけたところで、異変に気がついた。

いつの間にかとろけた目が向けられていた。あちこちから、いっせいに。

その目の持ち主は、共通して色付きの頭巻《ターバン》で髪を飾る若い男。

まさかと思って手を掴《つか》んだ相手を注視すると、彼は締まりのない顔をしながらもきりりとした声で言った。

(——悩殺?　今さら?)

「そなた、我が国へ参れ。最上の婚礼衣装を着せてやる」

うわあ始まった——。ラージャは瞑目《めいもく》した。

いつの間にか周囲は色付き頭巻《ターバン》の王族たちで埋まっており、頭上でやれ「後宮《ハレム》へ召してやる」だの「自分は正妃がひとりいればいい主義だ」だのと身勝手な主張が飛び交い始めていた。

いったい何人集まっているかは不明だが、「邪魔する者は極刑に処す」と言いだす者もいるからいかにも王族らしい口論である。

「もう……どうしてこんなときに……」

ラージャはふくれながらもさしたる抵抗をせず、右に左に引っ張られていた。盗賊《とうぞく》たちのような野蛮《やばん》な争いではないから、そのうちおさまるだろうと悠長《ゆうちょう》に構えていたのである。

しかし、そんなラージャを厳しく諫《いさ》める声があった。

「何をしている。早くここを離れろ」

周りの王族たちを蹴散《けち》らすようにラージャを人の輪から引っ張り出したのは、タクタルの王弟殿下だった。彼の力は強く、ラージャの身体《からだ》をまるで布のように軽々とさらっていく。

「シャムス、そんなに慌てなくても殴《なぐ》り合いになったりはしませんよ？」

いつになく焦りの色の濃い彼に、ラージャは言った。だが、彼の表情は晴れない。それどころか、柱廊《ちゅうろう》まで連れだされたときには眉間に深い皺《しわ》を刻んでいた。

鷲《わし》のような双眸《そうぼう》がラージャを見る。

「ここにいるのは王族ばかりだ。個人間の争いが国同士の不和になりかねない」

早口に告げられて、一瞬呼吸が止まった。

「……それって……」

「ここで起こったことがバジにも、砂漠全体の秩序にも影響しかねないということだ」

瞳にじかに訴えられたその瞬間、ラージャの顔から血の気が引いた。

怖々《こわごわ》と振り返って見る、悩殺された若者たちの向こう側。

周囲の客らの冷たい視線に、今、ようやく気がついた。

●・・・○・・・●

そこには美しい池があった。

遠くに宴席のにぎわいが聞こえる、黄金宮殿の奥庭。回廊《かいろう》に囲まれたそこは目を疑うような緑園で、その池もまた土地にそぐわぬ豊かな水をたたえている。

広大にして豪勢な池だった。中心には天に向かって大きく開く黄金の花が立っており、その花びら一枚一枚の間から、絶えず水がしたたっているのだ。

これぞまさに魔精《ジン》が生み出している水だろう。涼やかな音を立てて池にそそぎ、庭に複雑な模様を描く水路を伝って壁の向こうに流れていく。きっとこのまま宮殿を出、街まで運ばれ、広大な国のすみずみまで不足なく潤しているに違いない。

正常な状態だったら、夕日を浴びてキラキラ輝く水面に、うっとりと見とれたことだろう。しかし史上最悪の悩殺騒動を起こしたラージャはそんなものに感動する余裕もなく、池のふちに腰をおろし、カラカラに渇《かわ》いた喉《のど》から重いため息を漏《も》らすばかりである。

「……わたし、悩殺騒ぎでこんなに怖い思いをしたことはありません……」

「反省する暇があるのなら自制する術《すべ》を覚えるといい。それから慎《つつし》みも、ぜひ覚えるべきだ」

池から漂う水音の合間に、シャムスが言った。

「半端な計画で旅に出る、賊の前に飛び出す、語り部が出るなり走って行く——王女として褒められた行動とは思えない」

「ご心配なく、自覚はあります」

澄まし顔で開き直ったものの、直後にふっ……と、肩から力が抜けた。

「でも仕方ないじゃないですか。こんな呪わしい身体《からだ》じゃ父さまに申し訳ないですもん……」

つぶやきが、熱い風に乗って消える。かすかな音を立てて大きな木の葉が揺れ、その陰から

赤い頭の鳥が飛び去る。シャムスはそれらを眺めながら、

「……良縁を運んでくる、とかえって歓迎なさるのでは？」

「情で動く良縁なんて、バジではまったく無意味なものです」

ラージャは眉根を寄せて笑った。

バジでは、女児も、その伴侶《はんりょ》も王位にはつけないという定めがある。よってラージャはよい婿《むこ》をとる必要もなく、嫁入りするにしても政略的価値が重要視されることは明白。正体不明の悩殺の力で仮初《かりそ》めの恋情を生んだところで、まったく意味を成さないのだ。

「そもそも父は男女の情愛など信じていません。ご存じでしょう、バジ王妃の不名誉《ふめいよ》な逸話」

少々やけになって、あえて嫌な話題を持ち出す。

シャムスは口を閉ざして回答を避けたが、知っているからこそ明言しないのだろう。それはキャラバンを介して砂漠中に知れ渡ったはずの出来事だ。

バジ王妃であったラージャの母は、ラージャが十歳の時に後宮《ハレム》から脱走した。小国にあって規模も小さく、管理も甘かったバジの後宮には外から人が入りこむ隙《すき》があり、母は、どこの誰とも知らない男と国外へ逃げたらしい。その行方《ゆくえ》はそれきり知れない。

そっと、手元に目を落とす。派手な指輪の下でひっそり光る古ぼけた指輪は、対外的にはお守りだと偽っているが、実は、処分直前に母の部屋から持ち出せた唯一のもの。

取り立てて飾りのないそれを、ラージャは丁寧《ていねい》に指先でなでる。

「母がいなくなってからというもの、父はすっかり女性不信になってしまいました。他にも妃はいましたがみな宮殿から追い出されましたし、女官たちも父さまに隠れるように仕事をし……後宮に献上されるはずだったベナも、行き場がなくなってしまったのでわたしのところに来たんです。そうやって目に付く女性を手当たり次第遠ざけた人の娘が、ある日突然殿方《とのがた》を惑《まど》わす魔性の女になってしまったんですよ？　父はきっと失望しています」

父王がそれと明言したことはない。しかし、ラージャのどんな無茶な申し出も「好きにしろ」の一言で片づけるくらいには愛情が薄らいでいるのを感じた。それだけ、ラージャが父を失望させたのだ。

「……だから無謀《むぼう》なことをくり返すわけか」

シャムスが腰を上げた。周辺をうかがいながら、「バーリー」と呼びかけると、聞こえないはずの彼が素早く姿を現す。どこかで様子を見ていてくれたのかもしれない。

「宿に戻れ」

シャムスはやや乱暴な手つきでラージャを衛兵へと押しやり言った。途端にラージャは「えっ」と抗議する。

「わたし、まだ語り部さんに話を聞いていません！」

「それなら明日以降どうにか都合をつける。あなたはもう会場には戻らない方がいい。それとも砂漠の秩序を乱してでも自分の願望を貫きたいか」

上から脅《おど》すように訴えられたら、反論など出る余地もない。悔しくてこぶしを握ると、古い指輪がくっと食いこみ、鈍い痛みを呼び起こした。

●・・・〇・・・●

悩殺王女は本物だった――。

ラージャらを見送ったあと、徐々に暮れていく空を眺めながら、シャムスはその事実をかみしめていた。

実際に目撃したのだからもう疑いなど持つことはできない。

バジ王女にまつわる奇妙な噂《うわさ》は、真実だった。

(さあ、どうする)

腕組みして考える。

噂が事実であったからには、相応に対応せねばならない。

彼女が目的を遂《と》げて帰国する前に、こちらの目的も遂げねば――。

「――きれいな姫君をさらっていった極悪人がいると聞いたがここかな?」

不意に背後からの声を聞いて、シャムスは思考を手放し背筋を伸ばした。次いで何の迷いもなく最敬礼したのは、その声の主を知っていたからだ。

「マウル王」

「やあ、シャムス。久しぶり」

夕日に染まった緑園の隅、のんびりとした口調でシャムスの声に応えたのは、齢《よわい》三十にして砂漠の覇者《はしゃ》と呼ばれるロールーリ王、マウルである。

王としては比較的若いながらも「砂漠の王の中の王」である彼は、その身分に相応《ふさわ》しく白い頭巻《ターバン》に孔雀《くじゃく》の尾羽根を立てている――が、不用心なことに供のひとりも連れていない。もっとも、いつものことであるが。

「王、申し訳ございません。先ほど宴席の場で大変な騒ぎを」

シャムスは彼に向き合うなり真っ先に詫《わ》びを口にした。

「ああ、別に構わないよ。未婚の男に自分を取り合わせる――さながら伝承に聞く悩殺王女が現れたようだった。いい余興《よきょう》になったよ」

王は気安い口調で言い、腕を振ってシャムスをあずまやに誘った。

王の中の王である彼に公式に謁見《えっけん》を申し込むには手間と時間が必要だが、シャムスはその両方を免除されている数少ない人間のひとりだった。彼の父と自分の母が実の兄妹――つまりいとこ同士という関係性から許されたものだが、シャムスにとっては彼はあくまで「大国の王」である。彼が山と積まれているクッションに身を沈め、顎《あご》を振ってはじめて、シャムスも端の方に席を賜《たまわ》った。

「きれいなお嬢さんだったね。タクタルから連れてきたのかい？」

マウルが立てた膝に腕を投げ出すほどくつろぎ、問いかけた。いえ、と否定する。

「なりゆきで同行することになっただけです」

「なんだ、キミのじゃなかったのか。じゃああの子をうちの後宮《ハレム》に招こうかな」

「……あの方は一国の王女ですよ」

シャムスは浅く苦笑し、反論した。

王女を妃として後宮に迎えることは決してめずらしいことではないが、ロールーリのようにすでに何百人もの女性が集まり、権力図を作りあげてしまった中に半端な地位を持った姫君が招かれると、それだけでおおいに秩序が乱れる。思いつきで実行するにはリスクが高い、と、暗に告げたのだ。

へえ、と、マウル王が顎をなでる。

「まだあんなきれいな姫君が埋もれてたのか。砂漠は広いものだな。どこの王女だろう？　ラフルマーンが真っ先に目をつけたってことは金のある国だろう？」

あいつは金持ちの美人しか口説《くど》かないから――と、鼻で笑うマウル王に、シャムスはいくらかためらったあとで彼女の素性《すじょう》を告げた。

「彼女はバジの王女です」

「バジ？　どうしてまたそんな小国の王女と？　タクタルと親交があったかな？」

「いえ。先ほども申し上げた通り、同行したのは単なる成り行きです。王にパシパ殿をご紹介いただきたいようでしたが、面会の確約がなかったために貴賓会《きひんかい》に」

「ああ、なるほど。そういうことならパシパの家を訪ねればいい。話を通しておくから。そうだね、甘いものが好きだから、菓子でも手土産《てみやげ》に持っていけば機嫌がいいはずだ」

「ありがとうございます。王女もお喜びになるかと思います」

思いがけず簡単に課題が済んで、シャムスは胸をなでおろした。

明日この話をラージャに聞かせれば、また「さすが王弟殿下！」などと持ち上げられるに違いない。その様がひとりでに想像されて頰《ほお》などかいていると、急に、マウル王が首に腕を回してきた。その口端は、邪《よこしま》なものがとりついたように引き上がっている。

「彼女が王女だなんてもっともらしいことを言ってキミ、さっき遠回しに私を牽制《けんせい》したろ」

横目でにらまれ、シャムスは口を開いた。が、「まさか」の三文字が出るまでやたらと時間がかかった。王の口唇がますますつり上がる。

「強がることないじゃないか」

「強がってなどおりません」

「嘘つけ」

「嘘でもございません」

「本当かい？　美貌《びぼう》の王女は悩殺王女。しかしキミは彼女に悩殺されない——さしずめ封殺殿下と言ったところだ。少しくらい運命めいたものを感じそうなものだけどね？」

意地の悪い眼差《まなざ》しを向けられ、シャムスはまぶたを下ろしてそれを撥ねのけた。

若いながらもマウル王が「砂漠の覇者」でいられるのは、彼が人心の扱いに長《た》けているからだ。誰しも気づけば彼のペースに巻き込まれ、懐柔《かいじゅう》、あるいは翻弄《ほんろう》される。いとこ同士、昔から交流のあるシャムスはなおのこと。何かに付けて弱いところを攻められる傾向にある。

しかし今日ばかりは意地で無表情を貫き通し、「ありえません」ときっぱり言い返した。

「そうかい。相変わらずつまらないな、キミは」

軽く突き放すように、王が離れた。心底落胆《らくたん》したような口調だが、顔は笑っている。

「私なら運命の出会いと心を燃え上がらせるところだがね」

「と言われましても、悩殺の正体もそれが私に効かない訳も、およそ見当がついていますので」

シャムスは努めて冷静に言った。

聞くばかりでは非現実的だった「悩殺」だが、目の前で見、それが本物と分かると、なんとなくその正体も予測できた。マウル王も、恐らく同じ推測をしたはずだ。心得顔で「アレか」と返すから、黙って首肯する。

「でもあの王女の無警戒ぶりからして、彼女はよく分かってないんじゃないのかい？」

「はい。悩殺の原因を探る目的でパシパ殿を訪ねるようです」

「へえー。――ってことはキミ、分かっててあえて黙ってるんだー。へー、ほー」

指摘されたその瞬間、シャムスは墓穴を掘ったことに気がついた。すぐに釈明のために口を開きかけたが、「いや分かるよ！」と大げさに肩を叩かれ言葉を封じられてしまう。

「教えちゃったらそこで終わりだもんね！　せっかくきれいなお嬢さんと知り合ったんだから少しでもいい想いしたい……その気持ち分かる、分かるよシャムス！」

「いえ、王……」

「仕方ないね、彼女はキミに譲《ゆず》るよ」

いや譲るもなにも……と言いかけて、結局反論することを諦めた。彼相手では言えば言っただけ倍返しにされるだけだと、経験が忠告したのである。

「――ところでシャムス。キミのところの魔精《ジン》は最近どうだい？」

なんだかやけに楽しそうなマウル王が一転して誤魔化《ごまか》しのきかない話題をふってきて、シャムスはぴんと背筋を伸ばした。

刹那《せつな》、王の背後にある広大な池を見やる。

砂漠においては値千金《あたいせんきん》の価値を持つ水を、絶えず生み出している黄金の花。ロールーリが大国である事実を支える、魔精の賜物《たまもの》。

シャムスは、恐らく砂漠一の規模であろう豊かな水の源に対してどうしようもない羨望《せんぼう》を抱きながら、それを押し込めるように顔を伏せた。

「ルキスはまだ、不調です」

そう、タクタルの魔精ルキス＝ラキスは、あれで実は本調子ではない。本来の彼女なら、大国を支えるロールーリの魔精ほど、とは言わないまでも、タクタル国民が明日の暮らしを案じなくて済む程度には水を生む力を持っていた。だが、今は違う。力は半減し、当然の結果として彼女が生み出す水の量も半分以下に減っている。

そうか……とつぶやきながら、マウルが顎《あご》をひとなでした。

「てことは未だもってタクタルは渇水《かっすい》中と言うことだね。今日も水をせびりに来たんだろ」

「……ご支援いただけるようお願いに参りました」

正しく言い換えると、王はくく、と喉《のど》を鳴らして笑った。

「毎度毎度王弟殿下が頭を下げることはないんだがね。水なんかいくらでも融通《ゆうずう》できるし――タクタルからはいつも面白い見返りがあるから、やりがいがある」

正確に時間をはかる砂時計、達筆の書記官、画期的な治水法、南方へ向かうのに最も早く安全な道を記した地図……などなど、これまでタクタルが水の代償として差し出してきたものを指折り挙げながら、王は期待に満ちた目をシャムスに向けた。

「今回は何をくれるんだろう」

「賊を複数捕らえてあります。いずれも従前から対応を望まれていた者たちです」

「なるほど、治安と引き換えか。いいね、私好みだ」

満足げに笑った王は、すぐに近習《きんじゅ》を呼び寄せ水の手配を指示した。

素早い決断に、シャムスは最敬礼で謝辞《しゃじ》を述べる。

ルキス＝ラキスの半分の働きと合わせれば、しばらくはしのげることだろう。国を出てから張りっぱなしであった肩から、少しだけ力が抜ける。

「――ああそうだ。パシパのところに行くならついでに頼めないかな」

急に王が振り返り、シャムスは顔を上げた。

「街で探しものをして欲しいんだ」

「は……探しもの、ですか」

「そう。キミが水と引き換えに差し出したものに、もうちょっと上乗せして欲しい」

あまり穏やかでない予感がして、シャムスは少しばかり警戒した。が、「礼は弾む」と付け加えられると、心は簡単に傾いた。

干《ひ》からび、潰《つい》えそうなタクタルにとって、今は何より水の確保が最優先。

シャムスは砂漠の覇者《はしゃ》を真っ直ぐに見、かしこまって答えた。

「謹《つつし》んでお受けします。――どうぞ、詳細を」

三章　世界はよくできている

翌朝顔を合わせた時、シャムスは決して友好的ではない面持《おもも》ちでまずこう言った。

「……なぜおまえが来た」

「なんだよ、オレじゃ不満か」

「いや。だがバーリーはどうした」

「やっぱ不満なんじゃねーか！　あんたムカつくぞ！」

初《しょ》っ端《ぱな》からわめくゼッカルを背中で押しやり、ラージャはにこやかに答える。

「バーリーはお休みです。昨日付き合わせてしまいましたから」

「休み？　……あなたは休まないのにか」

「わたしは元気いっぱいですから」

笑顔でごまかしたが、実は今日のバーリーは、ベナと行動を共にしている。例の銅版の天井飾りを売り込むためだ。

と言っても相手はあのバッタートの派手な王子ではない。彼への商談はいまいち感触が良くなかったようなので、同じ宿に滞在しているキャラバンに話を持ちかけることにしたのだ。

そんな訳でロールーリ王のお膝元、街を貫く目抜き通りを、語り部《かたべ》を求めて三人で行った。

さすが砂漠一の繁栄《はんえい》を誇るロールーリ、日干しレンガを積んだ褐色《かっしょく》の建物が並ぶ通りは、朝から多くの人で賑《にぎ》わっている。あちこちから聞こえてくる様々な訛《なま》り言葉は、砂漠の随所《ずいしょ》から旅人が訪れている証《あかし》だ。

「タクタルもこんな風に賑わっているんですか」

通りに張り出された多彩な色のテントを眺めながら、ラージャは問うた。この国ほどではなくてもバジよりは大きな国だ、明るい答えを期待したのだが、シャムスは「いや」と首を振る。

「タクタルは今、水が不足している。日常の生活にも困るほどだ、旅人も近寄らないし立ち寄ってもすぐに出ていく」

「……魔精《ジン》がいるのに、水が不足するんですか？」

国あるところに魔精があり、魔精あるところに水がある。それが常識だと思っていたラージャは驚いた。一方シャムスは、かすかに眉根《まゆね》を寄せて頷《うなず》く。

「ルキスは今、本来の力の半分を失っている。それを取り戻すために私は単独で国を出ている」

「……へえ、そうだったんですね……！」

目が覚めた気分でシャムスを見上げる。これまで彼に対して抱いていた「難しい人」という印象が、「国のために身を捧げる孤高の王弟」という素晴らしく貴《とうと》いものに一変した瞬間である。

と、感動している傍で、ゼッカルが真鍮《しんちゅう》の腕輪を光らせながら大仰《おおぎょう》に伸びをした。

「てことはあんた、オレらに付き合って街歩きしてる場合じゃないじゃん。いーよ、先急いで」

「余計な気遣いだ。私には私の目的がある」

「何だよ目的っ――」

文句をつけかけたゼッカルの口が、おかしなところで止まった。足も止まっている。

「ゼッカル？　どうしました？」

「ん、カモ発見」

人ごみを見つめて人の悪い笑みを浮かべた彼は、首の鎖をチャリ、と鳴らして急にあさっての方向へ駆けだした。

「何なんだあいつは……？」

「スリを見つけたのかもしれません。彼、元スリの常習犯なのでよく気づくんです」

ほら、と、指差した先で、ゼッカルは早速通行人の腕を捻《ひね》り上げていた。なんと年老いた女である。突然の暴挙に周囲が非難の目を向ける中、ゼッカルは老婆《ろうば》の手から財布をむしり取り、

「これあんたのだろ」

と、野次馬のひとりに投げてよこした。彼の直感と行動の正しさは、被害者の顔色を見るだけで分かった。周辺を取り巻いていた批判的な空気が、いっぺんに称賛のそれに変わる。

「……あなたの周りにはいわくつきの者が多いな」

突然の捕り物を眺めていたシャムスが、不意にそうこぼした。前科者のゼッカル、言語に障害を持つバーリー、北方から売られてきた白肌のベナ。確かに、ふつうとは言い難い。

「でもみんなちゃんとしてます。いわくつきの王女に付くにはもったいないくらいです」

苦笑すると、シャムスはひとときラージャを見、しかし何の言葉も返さなかった。彼も同じように思ったのだろう。もっとも奇妙ないわくがついているのはラージャだと。

「なー王女、このばーちゃんどうしよう?」

ゼッカルが捕まえた老婆を容赦《ようしゃ》なく引きずってきた。老婆は抵抗するそぶりは見せないけれど居直ったように顔を背けている。その様は彼がスリとして最後に捕まった時によく似ていたから、ラージャはその時と同じ判断を下すことにした。

「ロールーリの衛兵に引き渡して、よく事情を聞いて下さい。酌量《しゃくりょう》の余地があるならできるだけ軽い咎《とが》で済むようにしてあげて」

「分かった。——て、え、オレ? オレが連れてくの?」

「だってあなたのお手柄じゃない」

「でも護衛は? さすがにひとりで街なか歩かせらんないっす!」

「ひとりじゃありませんよ。シャムスも一緒です」

　当然のように言うと、ゼッカルはあからさまに不満そうに唇を突きあげた。だが、文句は言わない。相手は危険の多い砂漠をひとりで渡ることができ、ロールーリにも慣れている王弟殿下である。共に行くのにこれほど心強い人はいないと分かっているのだろう。

　それでも納得しきれないのかなかなか行こうとしないゼッカルに、

「行けば謝礼があるはずだ」

　シャムスが口を挟んだ途端、衛兵のつり目がきらりと光った。

「謝礼？　金か！　よっしゃ！　王女、オレがとびっきりきれいな服買ってやるからな！」

　いっぺんにやる気を出したゼッカルが、老婆をひょいと背負って走り出した。よくも悪くも単純な人なのである。

「……アレは既婚者ではないのか」

「大丈夫です。ああ見えて、ロールーリに来て真っ先に奥さんへのお土産《みやげ》買ってますから」

「……変わった愛妻家もいるものだな」

　そんな会話がなされているとも知らず、老婆を背負った後ろ姿はすぐに人波に消えた。

　改めて歩きだし、語り部パシパの家を訪ねた二人は、予想外の空振りに遭《あ》った。

「大おじいちゃまは広場でお仕事よ」

ひ孫だという少女が、言ったのだ。

ついていないと嘆《なげ》きながら、仕方がないので広場の方へ。青いテントを張った金属加工の店が並ぶ小道を行けば、不意に耳に届くものがある。

歌だ。

しゃがれているのに耳になじむ、不思議な声。

「――嘘かまことか、こんな話がございまして――」

口上の後にウードの調べが続き、ラージャはハッとした。語り部だ。

「――ひとたび姿を現せば、千万の男がかしずく姫君の物語――」

歌が続く。悩殺王女の語りだと、瞬時に理解して足が早まる。

「ラージャ」

シャムスが手で招くのに従って、裾《すそ》を持ち上げ小走りになった。飛びだした円形の広場では、スイカ売りの浅黄《あさぎ》のテントが広く場所をとっている。しかし奥に、人の集まりがある。その中心は老人だ。ゆうべ見たときも思ったが、今日も同じくそう思わせる、小さな老人。

(……パシパさんだ)

ラージャは吸いよせられるように傍に行った。多少ほこりっぽいが気にせず、他の客らに倣ってためらいなく地べたに座りこむ。すかさず、小さな子どもが視界を遮《さえぎ》るように壺《つぼ》を持ってくる。中にあるのは大小様々な硬貨だ。バジの語り部は料金後払いがふつうだが、ロールーリでは違うらしい。ケチくさいな、と思いながら懐《ふところ》を探っていると、横から伸ばされた手が二枚の硬貨を放り、ラージャの肘を引いた。

「シャムス、お代……」

「本題が始まる」

ささやくシャムスに目礼し、そのまま語り部の話に耳を傾けた。

――砂の海に浮かぶ金色の城。

――恋の種を巻いて歩くひとりの王女。

――けれどそれは芽を出してすぐに枯れる種。そして王女が望まない種。

――きれいな花が咲くのが見たい。大輪《たいりん》の花が咲くのを見たい。

紡《つむ》がれる歌に、ラージャはすぐに引きこまれた。

自分と同じ、悩殺王女。期せず男を虜《とりこ》にしては周囲にあらぬ噂《うわさ》を流され、傷つく日々。そんな彼女がついに運命の出会いを果たす。得られた恋の種を宝のように大切にし、喜びと悲しみを順にくり返し、運命の相手とともに千一昼夜の時を越え、やがて大輪《たいりん》の花を見る――。

まるで王女の姿が目の前に浮かぶような節回し。そして王女の感情に添うようなウードの旋律。身を震わせる物語……。

そんな感動の演目の終わりに、

「……なぜ泣く」

シャムスが冷ややかにつぶやいた。

隣のラージャは号泣中で、涙を押さえた手巾からは吸いきれない雫《しずく》がぱたりと落ちる。

「だって、共感するところが多すぎて。中盤の、ほら、『わたしの心は置き去り』という一節とか、分かる、分かるんです……！」

「はあ」

「だっていくら熱烈に迫られたって相手はわたしのこと何も知らないんですよ。本当はわたしなんか好きじゃないでしょ、って思うんですよ。でも言ったら傷つけるかもと思ったら言えないんですよ。——ああ、わたしも悩殺王女みたいに幸せになれるんでしょうか……！」

「ひとまず頑張れとは言うが……」

たぶん呆《あき》れているのだろう、嘆息《たんそく》したシャムスが、急に姿勢を正した。つられて顔を上げれば、目の前に小さな老人がいる。

「感動屋のお嬢さんがおるの」

そう言って笑ったのは、最高齢にしてもっとも芸歴の長い語り部——パシパであった。

ひとまず話を聞きたい、という旨《むね》だけ伝えたが、ロールーリ王から話がいっていたのかパシパは迷いなく自宅に招いてくれた。日干しレンガの壁に囲われ、ささやかな緑のある前庭に駱《らく》駝《だ》とロバをつないだ、民家の典型とも言える家だ。まだ日も高くない時分で屋外でも過ごしや

すいため、庭に藍《あい》色の敷きものが広げられ、クッションを三つずつ用意された。房飾りのついた豪勢なものだ。頭上には葉の大きな木が長く枝を伸ばし、適度な影を落としてくれている。

「はっはっは、ゆうべの騒動はお嬢さんの仕業《しわざ》じゃったか」

ラージャとシャムスに席を勧め、自分も胡坐《あぐら》をかき、パシパは三角の髭《ひげ》をなでながら笑った。語りを披露する間はなんとも味わい深いしわがれ声だったが、実は案外軽い声らしい。「ありゃ商売用じゃ」と言ってのけた彼の垂れたまぶたの下からは、少年のような目がのぞく。

「すみません。あれのせいでゆうべは台無しだったでしょう?」

「いやいや、あれは愉快じゃったな。まさに悩殺王女の再来、年甲斐《としがい》もなく興奮してしもうた。王も楽しんで見ておられたようじゃしな。——いろいろと」

そこでなぜかシャムスに目を向けるのを不思議に思ったが、彼が鼻先を振って先を促すので改めてパシパに向き直る。

「パシパさま。ご覧になった通り、わたし、悩殺王女と似てるみたいです。今日はその原因が知りたくてここに来ました」

「ふむ。わしに分かるかのー」

「手掛かりだけでもいいんです。何か分かれば」

真剣に訴えると、ラージャよりも小さいこの老人は、子どものような仕草で手土産《てみやげ》の蜜菓子を口に放り込み、「うんうん」と頷《うなず》いた。

「おまえさんの天然悩殺はいつ頃から起こった？」

天然悩殺とはまたけったいな表現だと思いながら、記憶の糸をたぐり寄せる。

「子どもの頃には起こりませんでした。五、六年前くらいからでしょうか」

確かではないが、身体《からだ》が大人になったり、年上の文官に憧れを覚えたりした頃だ。

はっはーと笑ったパシパは、たったそれだけの問答で至極《しごく》あっさり答えを出した。

「生まれつきそうでないとすれば魔精《ジン》の祝福じゃろうな」

「魔精？」

またなぜこんなところでその名が出るのか。ラージャはしきりに目をしばたたかせた。

「どうして魔精が？　それに祝福って何なんですか？」

身体を傾《かし》がせ尋ねるラージャを、パシパの皺《しわ》だらけの手が制す。

「その前に、おまえさん。魔精の主たる食料は何であるか知っておるかの」

「はい。人間の、人間には見えないもの、ですよね」

声やにおい、感情がその代表だ。魔精は人間がもたらすそれらを糧《かて》として内に取り込み、命をつないでいる。もっとも、人間の側に食われているという感覚はない。しかし、人間どんな大きな喜びを抱いてもいつかは冷め、どんなに激しい怒りを覚えてもいつかは忘れる。それは、魔精が食い物にしているから。

勉学を始めた頃にその事実を書物で読んで、感動したものだ。

パシパはラージャの回答に満足したように頷《うなず》いた。

「魔精は賢い生き物じゃ。人間から己の糧《かて》となるものをより多く、より効率的に摂取《せっしゅ》するために人間に不可思議な術を施《ほどこ》す。たとえば人の嘆きを食らう魔精が特定の者に『不幸なことばかりが起こる』祝福をかける、という具合じゃ。そうすれば魔精はその者の傍にいる限り食いはぐれることはない。……まあ、早い話が魔精による養殖《ようしょく》じゃな」

「養殖……」

途端に学び得た感動が薄れた気がした。しかし悔しいことにその表現でいっぺんに理解もできる。例えば人が野菜を大きくするため肥料《ひりょう》をやったり、家畜を肥育《ひいく》するために良質の餌《えさ》を与えることと同じで、魔精は己の糧を得るために人に不可思議な術を施すのだろう。

「そう。その不可思議な術を祝福と呼ぶんじゃ」

なるほど、と、ラージャは言葉なく頷いた。おかしなことだらけのあの現象も、魔精の人知を超えた力が働いているとなるとすんなり納得できる。

「パシパさま。伝承の悩殺王女も、その祝福の持ち主だったんですか」

「そう考えられておるな。もしもゆうべのような現象が起こっていたとしたら魔精の力を疑わざるを得ん。ああもちろん、単に別嬪《べっぴん》さんに鼻の下を伸ばしただけの者もおるじゃろうがの」

にっ、と隙間の目立つ歯を見せ笑って、パシパは再び語った。

「魔精の主食は個体によって異なる。そのうえ魔精は主食を盾にされれば人に対して劣勢になることも分かっておるから、決して自分の好物は教えん。まあそもそも人前に出ることもないから、どんな魔精が何を欲しておまえさんに祝福をかけておるかはさっぱり分からんが……まあ、何か食われていることは確かじゃろ。おまえさん自身の何かか、あるいはおまえさんの影響を受ける周りの者の何かか」

そこまで聞いたとき、直感的に後者のような気がした。

手を取り甘い言葉をささやいたり、往来の真ん中で愛を叫んだり、ただ見つめるだけだったり、奪い合ったり。悩殺された相手の反応は様々だったが、みな、ほんのひとときで想いを忘れる点では共通している。感情を魔精に食われていると考えれば、俄然《がぜん》納得がいく。

「……でもパシパさま。どうして『祝福』なんですか。魔精に食い物にされるなんて、『呪い』の方が相応《ふさわ》しいような気がします」

「いいや、『祝福』じゃよ。そうして力を得た魔精が人間に水を与えるんじゃからな。世界はなんともよくできておる」

パシパが顔中の皺《しわ》を笑みの形に変えたとき、なるほどまさにその通りだと感心した。

青い空に白い太陽が昇り、金の大地に熱い風が吹く、それと同じように、魔精とその祝福もまた砂漠を形成する自然の理《ことわり》のひとつなのだ。

そう、なんとなく達観したところで、辺りに満ちる珈琲《コーヒー》の香りに気がついた。

「お客さま。よろしければ召し上がりませんこと？」

状況を見ていたのだろう、ちょうどひと段落ついたところで若い娘が茶器をひと揃《そろ》え持ってくる。お客さま、と呼びかけているが、ラージャは彼女の意識がシャムスにのみいっていることを見逃さなかった。遠巻きに眺めるだけなら彼は「孤高の王弟殿下」でもなく「かなりの無愛想」でもなく単に見目のいい青年である、気持ちが浮つくのは理解できないでもない。

（でもそんな色声音《こわね》を使ってもシャムスは優しくはなりませんよー）

むやみにそんな意地の悪いことを考えながら、ラージャは彼が家の女性たちにちやほやされている隙《すき》に膝を使ってパシパのすぐ傍へと移動した。

「パシパさま、もうひとつお尋ねしたいんですけど」

頭衣《ベール》でそれとなく口元を隠しながら問いかける。

「彼……シャムスにはわたしの悩殺が効かないんです。どうしてだか分かりますか」

彼の動向を気にしながら尋ねると、パシパは重そうなまぶたを無理やり開くようにしてシャムスを眺めた。そしてしばらく黙考したのちに薄く口を開き、

「分からんわい」

「ええっ……」

途端に落胆《らくたん》したラージャに、「ただし」と彼は得意げな顔でつけ加えてみせた。

「推測はできるぞい。悩殺王女が千一昼夜を共にした相手は幻の王子だと言われておるからな」

「幻の王子？」

「うむ。その王子はかつてこの国に実在してな、夜になると身体が消えるという何とも奇怪な」

「祝福ですか！」

言葉尻を待たずに確信した。話の腰を折られてパシパは不満げに下唇を突きあげたが、「続きを」とせがむと再び口を開いてくれる。

「さすがに実在の王子じゃからして幻の王子にまつわる話は多くての、その人となりを伝える節も多くある。例えば『千万の男を魅了した姫君にも惑わされない精神を持つ』とかの」

なるほど、その姫君が悩殺王女を指すとしたら、幻の王子には悩殺が効かなかったということだ。言い換えれば、祝福を宿した者には悩殺は効かないということ。

シャムスも同じだったのだ。

彼も、何らかの祝福を持っている。だからラージャの悩殺も効かない。

「……でも、どんな祝福を？　彼にはおかしなところはありません。多少愛想が悪いくらいで」

「さてな。本人に聞くしかなかろう。場合によっては自覚がないかもしれんがの」

自覚は、ありそうだった。今シャムスと目が合ったのだ。そして一瞬でそらされた。話が聞こえていたのだろう。そして真相を尋ねる前から回答を拒否された。そんな気がする。

まあいっか。そう思い直したラージャは、改めて背筋を伸ばした。

「パシパさま。最後にもうひとつだけ。祝福をなくす方法を、ご存じないですか」

喋《しゃべ》りすぎたと珈琲《コーヒー》に手を伸ばすパシパに、無粋《ぶすい》と思いながらも問いを重ねた。彼の乾いた指先が、小さなカップのふちを三度なでる。奇妙な沈黙が続いた後、長い嘆息《たんそく》が聞かれた。

「あいにくじゃが知らんな。わしも師から何千もの逸話を受け継ぎ、弟子に同じだけの逸話を伝えておるがな。祝福を持つ者、祝福を解いた者の話はあっても、間の話は聞いたことがない。おそらく、意図的に伝えられずにきたのじゃろう」

「意図的に？　なぜですか」

「祝福逃れは魔精《ジン》の食料を奪う行為。回り回って水不足を招くじゃろう？」

まったく世界はよくできておる――。

先ほどと同じ言葉をくり返して、パシパは上手に髭《ひげ》をよけて黄みがかった珈琲をすすった。

――もしかしたら、この人はその方法を知っているのかもしれない。

直感的にそう思ったけれど、たとえそうであっても決して口にはしない気がして、ラージャは彼に丁寧《ていねい》に礼を言った。あの不可解な現象の正体が分かっただけでも十分な収穫だ。

「また来るがいい」

辞する間際、パシパは皺《しわ》だらけの笑顔でラージャに言った。

「おぬしが幸せになっておれば――今度はおぬしの話を語り継がねば」

「……はい。そうなれるように頑張ります」

パシパの表情が移ってしまったかのように、いつしかラージャも微笑《ほほえ》んでいた。

●・・・○・・・●

魔精の祝福。

思いがけなかった悩殺の正体に、ラージャはすっかり安心していた。

原因が分からない時は自分に非があるのかもしれないと不安になったものだけれど、実際そうではなかった。どころか、魔精を生かす――ひいてはバジを生かす重要な意味を持っていた。

きっと父も、そんな背景があったからこそラージャの悩殺ぶりを非難しきれず、けれど母のこともあって容易に認めることもできず、半端に突き放すことしかできなかったのだろう。憎まれているだけではないのかも、という希望をはらんだ推測は、ラージャにとっては砂漠の夜空で方角を示す、一等星のように貴重なものに感じられた。

でも――と、再びロールーリの街を歩きながら、母国の記憶を呼び戻す。

姿を見たこともない、噂《うわさ》を聞いたこともない、その存在を匂《にお》わされることさえなかった自国の魔精。これまで特に意識したことはなかったが、今日、初めてその存在を確かなものに感じ、少しばかり憎らしさを覚えた。どうしてあんな祝福をかけるのか。そしてその対象がどうして自分だったのか。そう、思わずにはいられないのだ。

（この人はどうなんだろう）

前を歩く広い背中を眺める。

国のためにひとり旅する孤高の王弟。

ラージャの悩殺が効かず、魔精になつかれている彼は、かなりの確率で祝福をかけられていると思われる。が、今、彼をなめまわすように見ても、これまでを仔細《しさい》に振り返っても、特におかしなところは思い当たらない。しいて特筆するなら愛想が悪いことだが、人外の力が働いているというほど極端ではない。

「……シャムス。あなたも祝福を持っているんですか」

聞かない方がいいと何となく分かっていたのに、つい、問いが口を出た。

シャムスが往来を駆けてくる子どもを軽く避ける。返事はしない。

「シャムス」

一応催促《さいそく》してみたが、流された。質問が耳に届かなかった、という訳ではなさそうだ。

やはり聞かれたくなかったのだろうか。シャムスは不快になっている。顔色は変わらないけれど、足が早まっていくのでそれが分かった。小走りにならなければ置いて行かれそうだ。今朝までは、彼の方から歩幅を合わせてくれていたのに。

「シャムス、待って。話したくないのなら聞きませんから」

焦ったラージャが急いで彼の背中に手を伸ばしたとき、

「なになに？　何聞くの？」

不意に、頭上から陽気な声が降ってきた。思わず目を見開く。

「あなた――」

「はぁい、ルキス＝ラキス参上よぉ！」

駱駝《らくだ》頭の男装姿。タクタルの魔精《ジン》は初めて出会ったあの日同様、明るい挨拶《あいさつ》とともに黒い木馬で舞いおりてきた。

「ルキス、目立つことをするな」

「だいじょーぶよ、飛んでる間は見えなくしてたからっ」

言って彼女は馬の額を叩いた。たちまち、勇壮なたてがみも長い脚も煙と消え、代わりに彼女の手の中に小さな馬の人形が転がる。それを、彼女は帯の中に無造作につっこんだ。

「で？　何の話？　オイシイにおいがしたんだけど！」

ルキス＝ラキスはその場に流れる空気も読まずに無邪気に問いかけてきた。

シャムスは背を向けてしまったから、仕方なくラージャが応じる。

「わたし、魔精に祝福をかけられていることが分かったんです」

「あぁやっぱり？」

タクタルの魔精は驚かなかった。代わりに彼女は「あははっ」と笑い、

「そうだと思った、ごはんのにおいがぷんぷんするもん。あなたバジの王女サマだから、バジの魔精の仕業《しわざ》かしらね。あ、でも安心して、あたしの食指《しょくし》は動かないタイプだから。て言うか、あたしシャムスがくれるごはんが一番好き」

「……ルキス」

「安定供給だからもっと好き」

「ルキスやめろ」

「最高なのよね、シャムスの『葛藤《かっとう》』！」

「――ルキス！」

シャムスの牽制《けんせい》の声も空《むな》しく、秘密はすっかり暴露されてしまった。

ラージャは長いまつげを大きく持ち上げ、食い入るように彼を見る。

「あなたは、葛藤を食べられているんですか？　食べられるくらい、葛藤を与えられて……？」

問いかけに、シャムスは答えなかった。険しい表情を、隠すようによそを向く。

ラージャは、今度はルキス＝ラキスに同じ問いを投げた。

「あなたはシャムスの葛藤を食べているんですか。葛藤を生む祝福を、かけているんですか」

「そーよ」

陽気な魔精はどこまでも明るく答えた。指を絡め、うっとりと空を見上げる。

「あたし、人間のもどかしい想いが大好きなの。だからシャムスには『好きな人に好かれない』祝福をかけたわ。難儀《なんぎ》な話よねー」

「……おまえがかけたんだろう」

バレたらもうどうでもよくなったのか、シャムスは歩きだした。宮殿とも、宿とも違う方向だ。ひどい大股《おおまた》で、あっという間に距離が開いてしまう。

そんな彼を見、ルキス＝ラキスが口元で両手をグーの形にし、くすくす笑った。

「シャムスってばカワイイわよねー。いっつもああやってツンケンして人を遠ざけるくせにちょっとしたことで好感持って、結局相手に嫌われちゃうのよ。もう見てて滑稽《こっけい》で滑稽でしょうがない――って、人間ってこんなこと言われるの嫌いだったっけ。忘れて忘れて、今のナシ！」

「無理です」

きっぱり言って、ラージャはルキス＝ラキスの人懐っこい笑顔を注視した。

「……魔精に会うのは初めてですけど、やっぱり魔精と人では感覚が違うんですね」

「そお？　人間だって狩猟採集、農耕牧畜するじゃない。一緒一緒！」

確かに彼女の言う通りだ。でも認めたくない。

黙ったラージャに何を感じたのだろう。ルキス＝ラキスが下目になって肩をすくめた。

「ま、正直あたしの場合は養殖《ようしょく》なんかしなくっても全然平気だけどね」

「どうして？」

「だって常に満たされないのが人間じゃない。葛藤は起こるわ、人が生きている限り。だからいつでもどこでも食べたい放題」

「だったらシャムスに祝福をかけることないじゃないですか！」

思わず大きな声が出た。自分自身、祝福に振り回されて生きてきたからだろう。そんなふうに軽く言われてしまうのが、腹立たしくて仕方ない。

怒鳴られたルキス＝ラキスが、弾けんばかりに頰をふくらませた。魔精も怒るときは怒るのだ。眉間《みけん》にぎゅうっと力をこめてラージャのことをねめつけてくる。

「なによぉ、あたしけっこーいいことしてるのよぉ」

「……ルキス。よせ。時間をやる、好きに遊んで来い」

聞きかねたのか数歩先でシャムスが言った。「はぁい」と素直に返事をしたのはその時だけで、

「せいぜい楽しんでちょーだい、王女サマ！」

最後にべーっと舌を出して、ルキス＝ラキスは人ごみの中に消えて行く。

だがラージャの感情は治まりがつかず、心が急《せ》かすまま、彼の元へと駆け寄る。

「シャムス。あなた、どうしてそんな理不尽な祝福を放っているんです！」

横に並んで、前に回って、ラージャは正面から彼の双眸《そうぼう》に訴えた。

　そんなラージャを、シャムスはいっとき正体不明の物に出くわしたかのように眺める。

「……何を怒っている？」

「悔しいんです！」

「は？」

「あなたが人に対して拒絶的で、ろくに会話もせず、表情も隠しがちなのは、全部祝福のせいでしょう？　言ってみれば見えない枷《かせ》をつけられているようなもの。そんなものに囚われているあなたのことを思うと悔しくてたまらないんです。もう、そんなもの外すべきです、即刻！」

　ラージャは一方的にまくしたてた後、声高らかに言い放った。

「――シャムス、祝福を解きましょう！」

　途端に、なぜかシャムスがつまずきかける。

「……いきなり何を言い出す」

「何ってそのままですよ。突飛《とっぴ》だっておっしゃりたいんですか？」

　露骨に不審そうな眼を向けられて、ラージャは腰に手を当て、全身で反論をはねつけた。

「原因が分かったんですから対処法だって分かるはずです。パシパさまの口ぶりでは祝福を退けた話もあるようですから、いろいろ調べれば分かるはずです。わたしだって自分の祝福を解きたいですから。一緒に明るい未来を目指しましょう！」

ラージャは天に輝く太陽以上の熱をこめて宣言した。した——つもりだったが、シャムスの反応は非常に薄かった。と言うより、遅かった。なぜか茫然《ぼうぜん》とラージャを見、目に映らない何かを押し潰すように頭巻《ターバン》の上から髪をかき、長い、長いため息をついたのだ。

「あなたは自分で何を言っているのか分かっているのか」

「分かっています。ルキスさんのおなかがへっちゃうってことですよね。でも彼女、自分で言ってたじゃないですか。養殖しなくても平気だって」

そうではなく——と、目の前の菓子を取り上げるようにシャムスは言い、身長差があることをいいことに、鉄色の双眸《そうぼう》でラージャを上から威圧してきた。

「祝福を説く方法を理解しているのかと聞いている」

「い、いえ、全然分かってませんけど。……あなたまさか知ってるんですか」

眉尻が微動した。それを肯定ととったラージャはすぐさま彼の懐《ふところ》にすがりついた。

「知ってて実践《じっせん》していないんですか！　どうして！」

問うとなぜか、シャムスの目が横に逃げた。その反応どう解釈すればいいのか、ラージャはしばらく考えたのちに「ポン」とひとつ手を打つ。

「分かりました、それだけ難しいということですね。大丈夫です、多少の困難でめげるわたしではありませんから。ひとまず挑戦してみて、失敗から最良の手段を探すことにします。という訳でその方法を教えて下さい」

ずばりと要請したラージャは、大勢の人が行き交う往来の真ん中で、タクタルの王弟殿下を一心に見つめた。至極真面目《しごくまじめ》な気持ちである、視線は揺るがなかった。

だが、シャムスはと言えばそんなラージャを避けるがごとく踵《きびす》を返してしまう。

「ちょっと、待って下さい！　答えは！」

「自分で調べてはどうだ」

「わたしは何事も最短の道を選択したい人間なんです」

「そうして選んだ道で賊《ぞく》に遭《あ》ったろう、時には回り道も必要だ」

「大丈夫です、わたしが質問してあなたが答える、その行程に何ら危険はありませんから！」

「……危険だろう、ある意味……」

何やらぼそぼそつぶやいたシャムスは、見るからに迷惑そうだった。が、ずっと感情の見えなかった顔に表情が出るのならそれが負のものでも大歓迎だ。いっぺんに気持ちが高揚《こうよう》したラージャは、子犬のように彼にまとわりついた。

「お願いです、教えて下さい」

「断る」

「わたし何でもしますから」

「その発言も危険だ、以後口に出さない方がいい」

「ええ？　何が危険なんです、意味が分かりません」

「分からなくてけっこう」

とりつく島のない彼にそうして悪戦苦闘していると、

「あー、王女！　やっと見っけた！」

はるか前方、行きで別れたゼッカルが、自分の居場所を知らせるように手を挙げぴょんぴょん跳ねていた。あの距離でラージャたちの声に気づいたらしい。さすがの地獄耳だ。

「ちょうどよかった。私は他にすべきことがある。後は任せる」

ゼッカルが一直線に走ってくるなりこれ幸いとばかりにラージャを押しやり、シャムスが身を翻《ひるがえ》す。が、行動派王女がそこであっさり逃がすわけがない。彼の服をしかと摑《つか》んでいる。

「……まだ何か」

肩越しにシャムスが言う。かすかに苛立《いらだ》ちの気配が漂うその響き。

しかしラージャは怯《ひる》むことなくアーモンドの双眸《そうぼう》に力をこめた。

「まだ聞いていません。祝福を解く方法」

「……いい加減しつこいとは思わないか」

「思います。迷惑ですか？」

「ああそうだな」

ずいぶんきっぱり言われた。きっぱりしすぎていっそ気持ちいいくらいだ。

だからラージャは笑みを浮かべた。にこーっと、ややもすればあてつけがましいほどに。

「迷惑かけられて嬉しいでしょう?」

「……なぜ」

「だってあなた、好きな人に嫌われるんでしょう? ということは、ひっくり返せば嫌いな人に好かれるということです。つまりあなたがわたしを疎《うと》ましく思うたびにわたしはあなたのことが好きになるんですよ? 嬉しいでしょう、人に好かれるって」

「……破綻《はたん》しすぎだ、その理屈は」

「なんでもいいんです。とにかくあなたについて回って——絶対に口を割らせてみせます」

宣言すると同時に、ラージャはシャムスの腕に両腕を絡めた。すぐさま引き抜かれそうになったが、先を読んでがっちり抱きこんだので問題ない。

「……ラージャ。私には別件があると」

「まあまあ、心をこめて接待いたしますから。とりあえず美味《おい》しいもので釣ってみましょう」

「魂胆《こんたん》が丸見えで意味があるのか」

「ゼッカル、行きますよー」

反論ばかりのシャムスの声はしばらく聞き流すことにして、さくさく通りを歩きだす。

「うちの王女は一度火がついたら止まんねーよ?」

慣れっこのゼッカルの忠告が効いて、ほどなくシャムスの肩から力が抜けた。

●・・・○・・・●

銀の爪を持つ獣が漆黒《しっこく》の空をひっ掻《か》いたような、細い月が浮かぶ夜。

黄金宮殿の丸屋根に、一頭の馬が足を止めた。

夜闇にとけるような黒い肢体《したい》は見惚《みと》れるほど美しいが、あいにくその耳は硬直しており尾も動かず、呼吸もしていない。

それは、黒檀《こくたん》でできた馬だった。

背中には、太陽のように輝く双眸《そうぼう》を持つ、男装の少女の姿がある。

「やあ、ルキス」

街の明かりが見える露台で涼んでいたロールーリ王・マウルは、軽く手を挙げて彼女を迎えた。相手は親愛なるいとこ殿下が連れて回っている魔精《ジン》である、わりあい親しい関係だ。

「はぁい、王サマ。シャムスからお手紙よー。それっ」

露台に足をつけたルキス＝ラキスは、威勢のいい掛け声とともに丸めた獣皮紙を投げてよこした。はいどうも、と受け取ったマウルは、すぐに近くの火明かりを頼りに目を通す。

「ふむ、発見できず……か。まあ、一日で片付くわけないか。――ルキス、シャムスに伝言」

「はーい、なぁに？」

「──『引き続き探せ。何日かかっても』」

砂漠の覇者《はしゃ》は、小石を弾くように重い命令を下した。本人がいたらさすがにあの鉄面皮《てつめんぴ》が動揺《どうよう》に歪むかもしれない。

しかし聞いているのは本人ではない。加えて人間でもないので「謹《つつし》んでお受けを」などとは言わず、唇をとんがらせて言い返す。

「王サマ、最近うちの王子サマのこと使いすぎじゃなーい？」

「そう？」

「そうよぉ！　シャムスにはあたしの力を取り戻すっていう大事な仕事があるのよー？　今手掛かりが目の前にあるのー、だから余計なことしてる暇ないのー」

「へえ、手掛かり見つかったんだ？」

「うん。バジの王女サマが握ってる」

「──バジの王女？」

マウルの目が眇《すが》められたことに気づかず、ルキス＝ラキスは「そ！」と胸を張った。

「今いいとこなの。あとひと息なの。だから邪魔しないでよね、王サマ」

「……って言われてもね。シャムスには頑張ってこの国で株を上げてもらって、私の後を継いでもらわないといけないからな」

マウルは薄く笑った。その発言は、代々親から子へ王位を継いできたこのロールーリでまず間違いなく動乱を引き起こす類《たぐい》のものだ。だが、この魔精は今さら驚きはしない。

「……それ、前から言ってるわよね、王サマ」

「ああそうだね。シャムスにはあっさり断られたけど。キミにも」

「当然よぉ。シャムスはタクタルのものだもん。なんでロールーリにあげなきゃいけないの」

「後釜《あとがま》に唯一信頼できる肉親を指名するのは当然のことじゃないか。私には子どもがいないし」

「後宮《ハレム》に山ほど奥さんがいるくせに。王サマ、病気？　それとも男の人が好きなの？」

ルキス＝ラキスが上目に問うてきたが、マウルは笑って流すにとどめた。十五で最初の妻を得て以来、ひとりの子も成さない王である。世間ではありとあらゆる噂《うわさ》が飛び交っているが――世の中には広く誤解させていた方が都合がいいこともある。今回も、マウルは明確な回答を避けた。代わりに意地の悪い顔を作り、タクタルの魔精を横目に見る。

「そもそもルキス。分かっているかい？　キミがろくに働けないからシャムスは私にこき使われるんだよ？　水のため、民のため、タクタルのため。泣けるよね」

「……むぅう、ヤな王サマ。あたしキラーイ」

人間なら胴と首が離れかねない暴言を、タクタルの魔精は平気で吐いた。マウルがねめつけても、文句ある、とでも言うように斜めに見返してくる豪胆《ごうたん》さは魔精ならではだ。実はこうして魔精の機嫌を損ねた結果、滅びの道を歩んだ国の話は砂漠の各地で聞かれる。が、ロールーリはタクタルの魔精が暴れた程度で傾くような脆弱《ぜいじやく》な国ではない。「嫌いでけっこうだよ、さっさと帰りな」と、犬を追うように手を払う。

「むぅぅう、見てなさいよ！　あたしが力を取り戻したら、真っ先にここの魔精から力を吸い取ってやるんだから！」

「そうやってどこかの魔精に喧嘩《けんか》売って負けたんだろ。学習しなよ」

「うるさいわね、もう、あたし帰る！」

はいはいまたね、と適当な返事をし、王は黒檀の馬が音もなく飛び去るさまを見送った。

静寂が戻る夜の宮殿。やや冷たい風が吹いて、頭巻《ターバン》にさした羽飾りがふわりと揺れる。

「バジの王女か」

王はつぶやく。

伏せたまぶたの裏に、めずらしく女性を連れて現れたいとこの姿が浮かび上がった。

自身の祝福の効力を最低限に抑えるために日頃から徹底して人を遠ざけているはずの彼の傍で、花のように笑っていたバジの王女。彼女のおかげでいつになくあちこちゆるんだ感じのシャムスを見られて個人的にとても愉《たの》しかったのだが。

「そのバジ王女が救国の鍵《かぎ》って——」

歎息《たんそく》する。

「聞いてないよ、シャムス」

カッ――と強烈な光を放出する太陽の下、戦いは不毛を極めていた。

何の戦いかと言えばそれはもちろん、対タクタル王弟殿下との決戦である。

「今日こそ白状してください。魔精の祝福を逃れる方法」

「断る」

一日はそんなやり取りから始まり、邪険にされてもめげないラージャがひたすらシャムスの後をついて回り、シャムスはそんな彼女を撒《ま》こうというのか一日中街を歩き回る。もちろん、そう簡単に撒かれるラージャではないので結果として一日中彼女とともに街を歩き回ることになり、本人の強い希望で毎日ゼッカルがついて歩く。

ちなみにベナとバーリー、他の衛兵たちは、シャムスを籠絡《ろうらく》するための策を練《ね》ったり、その準備に回ったり忙しかったが、その努力は報われていない。

そう、シャムスは何をやっても落ちなかったのだ。

食事の誘いは受けても知らないうちに勝手に勘定《かんじょう》を済ませており、その代金を一切受け取らない。贈り物をしようと店に足を向ければ女では太刀打ちできない力を発揮し離れ、事前に用意して押しつけてもいつの間にかラージャの手元に戻ってくる。

●・・・○・・・●

さすがのラージャも最終手段、ここは色仕掛けかとつぶやいたら、ゼッカルが大騒ぎして接待どころではなくなりそうだったので、中止せざるを得なかった。冗談だったのだが。

そんなあくなき戦いは、なんと三日も続いた。さすがに衛兵長が「少々長居しすぎですかな」と、遠回しに帰国を促し始めたのでラージャも焦っていたのだが、四日目の今日もまた、何の進展もないまま紫に暮れる砂漠の空を見ようとしている。

「……つくづくよく分かりました。あなた無欲な人なんですね」

歩き疲れて座り込んだ、六角広場の池のふち。いい加減感心して、ラージャはしみじみとシャムスの横顔を眺めた。共有する時間が増えるたびに疲労の色が——きっと肉体的な由来ではない疲労の色が——濃くなった顔である。

ラージャは膝の上にきちんと手を揃《そろ》え、隣のタクタル王弟を見上げた。

「本当に欲しいものとかないんですか」

「ない」

「やりたいこととか」

「それもない」

「……迷惑でした？」

「初めにはっきりそう言ったはずだが」

「……でも四日間とも一日中街歩きに付き合ってくれたじゃないですか」

「私は探しものがあって街に出ている、そこにあなたがついて回っているだけだ」

「探しもの？　ああ、あの別件がどうとかいうやつですか。そうならそうと早く言って下さい、微力ながらわたしもお手伝いを」

「しなくていい」

何を言っても一刀両断《いっとうりょうだん》、とりつく島なしで、ラージャは四日目にして初めてしゅんとした。あれだけくっついて回っていたのである、当初の「ひと言返事」から文章での返事をもらえるくらいには打ち解けていたのに、もはや逆戻りである。

「……鷲《わし》のような人ですね」

大道芸人が賑《にぎ》わせている六角広場になんとなく目をやりながら、ラージャはポツリとつぶやいた。少し視線をずらせば、食べ物屋台に並ぶゼッカルが、苛々《いらいら》しながら行列の人数を数えている姿が見える。彼らの足元に伸びる影は、もう長い。

「……鷲？」

意味をはかりかねたのか、シャムスが眉間《みけん》に縦皺《たてじわ》を作って問いかけてきた。

あなたですよ、と、すかさず指摘した。

「気高い雰囲気《ふんいき》も似ていますけどね。語りかけたくて近づいてもすぐに手の届かないところへ行こうとする——鷲みたいです、あなた」

「……捕まえようとするのがそもそもの間違いだ。鳥の方も迷惑だろう」

言い返されて、少しばかりムッとした。呆《あき》れたように言われたからではない。言っていることが、相変わらず他者を拒《こば》むような響きを持っていたからだ。

「そうやってずっと人を避けて生きてきたんですよね、あなた」

靴《くつ》の甲に縫《ぬ》いつけられた赤石の粒を眺めながら、ラージャはつぶやいた。

「あなたが持っている祝福を思えば理解できないでもないです。人に嫌われないためには人を近寄せないのが一番楽ですもん。でも、そんな生き方さみしいでしょう？　祝福なんて解いてしまえば、もっと豊かな人生になると思いませんか？」

問いかけると、シャムスが「ハッ」と短く笑った。初めて彼の口から聞かれた笑声《しょうせい》だったが、ラージャを喜ばせるたぐいのものではない。

「私は祝福を受け入れている」

声低く、彼は言った。

「私は王の子として生まれたが王になることはない。兄は優秀だ、私が力を貸すまでもなくよい国を作るだろう。残った私にできることは、ルキスの餌《えさ》として国を潤すことだけだ」

「……餌……？」

ざわり、と、肌を虫が這《は》うような不快感が襲って、ラージャは眉《まゆ》をひそめた。

「やめてください、そんな言い方」

「事実を的確にあらわしたまでだ。私はルキスの餌。そして餌として生きる以上、祝福との共存は絶対条件。個人的な感情にかまけている場合ではない。今は——特に」

「今は……？」

聞き返したラージャに、シャムスは冷たい一瞥《いちべつ》をよこした。

「ルキスが力を失ってからもう二年経つ。生み出せる水は従来の半分以下。かろうじて人間の命はつなげているが、動植物まで十分に回らない。宮殿を含め国中の植物はことごとくしおれ、毎日どこかで動物の死骸《しがい》が見つかる。一滴たりとも無駄にはできないからと、国中に巡らせた水路にも水を流していない。池も井戸も国の管理下に置いた。だから水をめぐって争いも起こる。あくどい商売も。——そんな状況で祝福を解いてルキスの糧《かて》を奪って、結果起こるのはさらに深刻な渇水《かっすい》だ。なぜそんな真似《まね》ができる？」

いつになく多弁に語られた現実に、心臓を射ぬかれたような想いがした。

分かっているはずだった。いや、分かっているつもりだった。

祝福が水に直結すること。タクタルが水不足であること。そして砂漠の王族が一番になすべきことが、国の発展でも蓄財でも血統の維持でもなく、人々を生かすための水の確保とその安定供給であること。

どれも頭に入っているつもりで——そうではなかった。

そんな現実を、たった今思い知らされた。

自分のことではなかったからだろう。

バジでは魔精《ジン》が表舞台に出ることはない。その魔精が何を糧《かて》として得ているかも分からないし、彼らが水を作る過程も見ることがない。それでも常に水は流れ、国を潤している。それが当たり前だから、ラージャは単純に祝福の存在を疎《うと》んじ、消したいと願った。

では、実際にラージャが祝福を解いてしまったら？

バジはどうなるだろうか。ラージャから糧を得ていた魔精は、これまで同様に水を作ってくれるのか。それ以前に魔精は生きていけるのか。もしも魔精が死んだら。天水など望めないあの荒野で、バジの民はどうやって生きていくのか。

そうして自国に置き換えて考え、嫌な想像しかできなかった時——初めて分かった。

自分がシャムスに勧めたことの、本当の意味。

「……ごめんなさい……思慮《しりょ》が、足りませんでした」

唇が、震えた。無意識のうちに膝の上の手を強く握り合わせていた。赤く染めた爪が肌に食い込む。痛いほど。

横から、やんわりとその手をほどかれた。

「……あなたを責めている訳ではない。渇水《かっすい》の危機が迫るまでは私もあなたと同じだった。餌である身を呪い、祝福など消えればいいと、思わない日がないくらいだった。だが——」

鉄色の双眸《そうぼう》が、記憶をたぐり寄せるように細められる。

「水が不足し始めた頃だ、子どもがコップ一杯の水をこぼしただけでひどく叩かれ、叱られていた。たった一杯だ。──それを見て、目が覚めた」

「……受け入れたんですか。祝福を」

相槌《あいづち》が返る。

「王族でありながら何の価値も持たない私ができた、唯一のことだ」

餌として生きること。

告げられた瞬間、心がねじ切れるようなせつなさに襲われた。

魔精の腹を満たすために葛藤《かっとう》させられる人生。他者のために費《つい》やされる人生。

そんな人生が決して幸福であるとは思えない。

しかし彼はその道を選んだ。自分の意思で。

「……余計なことを話しすぎた」

水のしずくが落ちるように、ぽつり、シャムスがつぶやいた。腰を上げる。そのまま、彼がどこか遠くへ行ってしまいそうな錯覚《さっかく》にとらわれて、ラージャは思わず手を伸ばした。この四日、触れることに慣れた腕。捕まえたら、「何か」と、いつもの問いかけが降ってきた。

ラージャは、深く息を吸った。

「餌として生きる──あなたのなさった決断を、心から尊敬します。でも、喜怒哀楽、全部ひっくるめて生きることでしょう？　時には誰かと想いを共有して下さい」

ラージャは静かに訴えた。

鷲《わし》は大きな翼でどこまでも飛ぶことができる。しかしどんなに長い距離を飛行しても、どんな高みに昇っても、必ずどこかで羽を休める時がある。

シャムスもそうでなければいけないと思う。

たとえ己を守るために遠くに飛び去ったとしても、ほんの少しでもいい、誰かの傍で休まなくては。

ぼろぼろになって、堕《お》ちてしまう前に。

いっとき互いに黙したまま、斜めに見つめ合った。遠くで子どもが誰かを呼ぶ声がする。

「……話が違う」

不意に、シャムスが言った。それまで自分を見ていた顔が、大きく真逆に向けられる。

「あなたは嫌がらせをするのではなかったのか」

「は……？　え、シャムス？」

ずっと簡単に捕まえていられたはずの腕に、あっさりと逃げられた。唖然《あぜん》としている間に、彼はラージャが歩いていては追いつけない速さでどんどん先に行ってしまう。

「あ……待って。怒ったんですか？　ごめんなさい、わたし、また気に障《さわ》ること言いましたか？」

訳が分からないまま置いて行かれそうになって、慌てて後を追う。

なかなか追いつけない。それに、いくら呼んでも振り返ってもくれない。

（本格的に怒らせた……？）

泥のような焦りが胸を這《は》いあがる。

煙たがられていたのは最初から。それでも、二言三言の返事はしてくれていた。

無神経な言葉だって、素直に詫《わ》びたら許された――つもりだった。

しかし今、返事もない。

何がいけなかったのか。いったい何が、彼に聞き流せないくらいの不快感を与えたのか。

少しも分からなかった。

「あ、王女！　あっちに面白いもんがあるらしいっすよ！」

屋台での買い出しを終えたゼッカルが、手を振り振り戻ってきた。

「あんたも来いよ」

すれ違いざまにシャムスに自分の肩を当て、彼はにーっと笑う。

地獄耳の彼のことだ、穏やかではないやりとりがなされていたことは承知の上だろう。それでも明るく振る舞うのは、きっと彼の気遣いだ。「あっちあっち」と言って彼が押したのは、ラージャではなくシャムスの背中だったから。

心ひそかに感謝しつつ、彼の勢いに巻きこまれるようにして、さまざまな芸人たちが随所《ずいしょ》で人を沸かせている賑《にぎ》やかな広場を横断する。

「あそこ、面白いらしいっすよ」

そう言ってゼッカルが顎《あご》をしゃくって示したところでは、客がみな、げらげら笑っていた。

その中心にいるのは、へび使いらしい。黄緑の頭巻《ターバン》をかぶった若い男が、仰々《ぎょうぎょう》しい模様の入った壺《つぼ》を前に縦笛を鳴らしており、壺の中から時折へびが顔を出すのだ。

「あっはは、なんだあれ。全然ダメじゃん」

ゼッカルが指を突き出し、笑った。

元は砂漠の向こう——言語の異なる国の人々が披露《ひろう》していたというこの手の芸は、妖しい笛の旋律に合わせてへびが身をくねらせ踊って、はじめてそれとなりえるものである。しかしこのへびは申し訳程度に頭を出して引っこみ、時を置いて尾を出す、という具合。男がへびを操っているようではない。むしろへびの気まぐれを見せつけられているようで、ゼッカルの言う通り、見せ物として「ダメ」だ。

しかし客にはウケている。みな腰を据えて見ているし、投げられる硬貨は絶えないし、手を叩いて喜ぶ者が多い。ゼッカルも腹を抱えており、

「あっはは、このへびやる気ねぇ！　おもしれー、おかしー、たまんねー！」

と、大絶賛だ。

「本当……おかしい」

ラージャは静かに同意した。面白い、という意味ではない。

普段から街へ下りているラージャにはよく分かる。

どんなに素晴らしい内容でも、路上で披露される見世物《みせもの》には銅貨二、三枚を払うのがせいぜいだ。しかしこんなに質が悪いにもかかわらず、次々と放られているのは銀貨。おかしい。

「オレもー」

懐《ふところ》に手をつっこみ、迷いなく銀貨を投げようとする手を、シャムスが止めた。

「なんだよー」

「――帰れ」

「はあ？」

「帰れと言ってる。王女を連れて、宿に戻れ」

シャムスは、まるで罪人を扱うかのようにゼッカルの襟《えり》を摑《つか》んで通りの方へと押しやった。機嫌が悪いところに馬鹿馬鹿しいものを見せられて、さらに気が立ったのかもしれない。その口調は厳しく、その手つきは荒かった。

「シャムス……」

「ついてくるな」

とりなそうと近づくと、鋭い視線に刺し抜かれた。

「ついてくるな」

重ねて突きつけられた言葉に、胸がつぶれるような想いがする。

反応が乏《とぼ》しいことは何度もあったけれど、こんな風に突き放されるのは初めてだ。

「なんだ、あいつ」

　広場から離れながら、ゼッカルが鼻にしわを寄せた。

「わたしが先に怒らせてたんです。何か気に障《さわ》ること言ったんです、きっと」

「でもこれまでだって散々迷惑がってたっすよ。なのに今さら激怒するとか訳分かんね。オレの耳は王女が反省しなきゃいけないような台詞《せりふ》は聞いてないし、むしろ……いや、うん。あいつが一方的に腹立てただけだ」

「確かに、一方的。どうして急にあんな――」

　肩越しに振り返る。未だへび使いの辺りで佇《たたず》んでいるシャムスの、何者も近寄せないような後ろ姿。どうしても気になってそちらに一歩踏み出すと、ぷらっと差し出された腕が行く手を阻んだ。真鍮《しんちゅう》の輪を三つもつけた、その腕の主。

「もういいじゃん。帰ろう」

　彼は子どもにそうするように、目線を合わせてにっこり笑った。

「でも」

「いいから。帰ろ」

　かぶせるようにそう言って、ゼッカルはラージャの手を奪う。

「あの、ゼッカル。待って。わたしシャムスにちゃんと謝らなきゃ」

「聞こえなーい」

「ゼッカル！」

どんな無謀《むぼう》な申し出もだいたい聞き入れてくれるはずのゼッカルは、しかし、この時ばかりは耳を貸してはくれなかった。

元はスリの常習犯で、衛兵としては未完成、体力も平均以下の彼なのに、手を引く力はうんと強く、歩きだしたら抗《あらが》えない。

ラージャは近衛《このえ》に連れられながら、何度も何度も振り返った。

孤高の王弟殿下はやはり、遠くを見据える鷲《わし》のように静かにそこに佇《たたず》んでいた。

●・・・○・・・●

――砂漠の覇者《はしゃ》が微笑《ほほえ》むと、いつも不安になる。

その笑みの裏には必ず何かがあることを、経験上よく知っているからだ。

だからマウル王に夕食に招かれ、よく煮こまれた鶏肉やひよこ豆のスープ、湯気の立つパンなどを満面の笑みで勧められたとき、シャムスは思わず後ずさりしそうになった。

「どうしたの。食べなよ。キミへのご褒美《ほうび》なんだから」

マウル王は盛りに盛ったクッションに肘をつきながら、いつもの調子で促してくる。

確かに、シャムスは王の頼み事を一応片付けていた。この席がねぎらいのために設けられたことも承知の上だ。だが、やはり漠然《ばくぜん》とした不安が拭《ぬぐ》えず、なかなか匙《さじ》に手を伸ばせない。マウル王が――元々食が細い人ではあるが――まったく食事に手をつけないからなおのことだ。

「……王。何か別件でおっしゃりたいことがあるのでは？」

ついに耐えかねてそう切り出すと、彼は「さすが」と言って不穏にもさらに笑みを深くした。

「本当を言うと気になってたまらなかったんだがね。繊細な話題だから、どうやって流れを持っていこうか迷っていたんだ」

やはり不穏だ。砂漠の王者が年下のいとこに対して遠慮《えんりよ》するとはどんな話か。身構えて――

「キミ、今回こっちに来てからずっとバジ王女と一緒らしいね」

聞くんじゃなかったと一瞬で後悔した。次いで「なんだかんだ言って気に入ってるんじゃないか」と軽口は続いたがまともには取り合わず、「向こうが勝手についてきただけです」と事実を率直《そつちよく》に説明する。しかしこの王はそう簡単に納得しない。大仰《おおぎよう》に腕組みなどして、

「じゃあ向こうの方がキミに入れこんでいるのか」

「王女は祝福を解く方法を知りたがっているだけです」

素早く返し、シャムスはむっつり黙りこんだ。ここで口達者のマウルとまともにやり合っても、たちの悪い蟻地獄《ありじごく》に誘いこまれるだけである。分かっている。が、

「好都合だね」

マウルがそんなことを言うからシャムスはついつい聞き返してしまった。

「好都合？」

「ああ。彼女が解きたがっているなら解いてやればいい。キミならできるじゃないか」

「――王！」

思わず声を上げた。砂漠の覇者は、そんなシャムスを満面で笑う。蟻地獄《ありじごく》の入口だ、流されれば引きずりこまれる。――落ち着け。自らに言い聞かせて、ひとまずゆっくり呼吸をする。

「……私は祝福から逃れるつもりはありません」

「私はさっさと消して欲しい」

切り返しは、怖いほど早かった。顔を斜めに近づいてくる、いとこ王。もう笑っていない。

「シャムス。私はキミにいつまでもタクタルに縛《しば》られて欲しくない。キミは私の後継なんだよ」

「……そのお話はもう何度もお断りしているはずです」

「拒否したって何度でも言うさ。次期ロールーリ王はキミだ。誰にも反対させるつもりはない。もちろん、キミにも」

デトリャー砂漠の至高の王は、強い口調で断言した。

なぜ彼がそんな希望を持つようになったのか、実はよく分からない。かつて「自分の子らが王位をめぐって争うのは嫌だから」と説明されたことはあるが、シャムスは、それがすべてではないような気がしている。

だがいずれにしても、本気らしかった。この王は、後宮《ハレム》に百を越える妻を持ちながらひとりの子も持たず、兄弟を王位継承の折に全員太陽神の元へ送り、姉妹を、とても大国に立て突くことができないような辺境国の、第二、第三妃として各地に遣った。そうやって、後継ぎとなりえる王の血縁はシャムスしかいないという状況を、作り上げている。現在進行形で。

「……王。申し訳ございません。今は何を言われても、タクタルのことしか考えられません」

シャムスは頭を下げるほかなかった。後継に指名するほど買ってもらえているのならそれは単純にありがたいことだし、身内と思って可愛がってもらえることは素直に嬉しく思う。だが、自分はロールーリ王の縁者である以前にタクタルの王族である。自国の現状に目をつぶって他国でのうのうと生きる訳にはいかないし、他者から与えられる絶大な権力を当てにするつもりもない。独力で救国の手掛かりを得る段階にたどり着くことができたのだから、なおさら退くわけにはいかなかった。

「……キミがそういう人だから後を任せたいんだよ」

不意に、マウル王がそうもらした。肩でひとつ息をつき、彼は一直線にシャムスを見る。

「とはいえ、私だって無為に国を潰したくはない。今はタクタルに力を注いでもらっていい、私もできる限りの支援はする。だから、シャムス。少なくともタクタルが再生するまではバジの王女を放すなよ。タクタルが元に戻ったらさっさと祝福とおさらばして、私の元に来るんだ」

「……さっさと……片付けていい問題ではないと思うのですが」

「どうして。向こうがいいって言ってるんだからいいじゃないか」

羨《うらや》ましい奴め――とついてくる手を「そういう問題でもありません」とやや強めに払いのける。

「なんだい、バジ王女にいわくがついているのが気に入らないのかい？」

軽くひと言放たれて、シャムスは目の端を鋭くした。マウルの目の色、口ぶり、表情。すべてから判断するに、彼の言う「いわく」はラージャの「悩殺」をさしてはいない。

「……真偽について、今見極めているところです」

シャムスは用心深くそう言った。ふうん、と、マウルは浅く笑う。何か含んだような笑み。何か――読もうとしたが見通せない、底知れない笑みである。

しかしある瞬間唐突《とうとつ》に、マウルはそのおもてに浮かぶ表情を色合いの違うものに変えた。にんまりと笑ってみせたのだ。

思わず怯《ひる》む。

笑みは笑みでもこの手の笑みは、厄介《やっかい》な思惑を透かしたものだとシャムスはよく知っている。

「見極めが要るんなら、私もバジの王女に会ってみようかな」

案《あん》の定《じょう》、彼は愉《たの》しげに面倒なことを言い出した。そしてさらに口端をつり上げて、

「キミもまだ見極めのための時間が要るんだろ？　いいよ、私が協力してあげよう」

――途方もなく不穏なことを言い、鼻歌交じりに銀杯の酒をあおり始めた。
あまり考えたくはなかったが、どうやらまた、大幅に予定が狂いそうだった。

四章　王弟殿下がお探しのもの

隊商宿は朝早くから騒々しい。

暑くならないうちに次の国を目指して出立《しゅったつ》する者たちもいるし、遠くから運んできた珍品をさっそく朝市に並べる者たちも、それらを仕入れてさらに遠くに売りに出そうとする者たちもいるから、宿の中は陽の昇りきらない時分からすっかり活動を始めている。

ラージャも、窓からまぶしい光が差しこんできたときにはすでに夜着を脱ぎ捨て、蜂蜜《はちみつ》色の長衣装《ガラベーヤ》に着替えていた。今は寄せ木細工の鏡の前、ベナに髪をとかれながら彼女の話をぼんやりと聞いている。

「――というわけで、バジから持ち込んだ天井飾りの半分はこの宿に身を寄せるキャラバンに売り渡しました。残りについては、地元の大商人が興味を示してくださいましたから、うまくいけばすべて買い取ってくださるやもしれません。地道な営業活動が実を結びましたわ」

侍女《じじょ》の熱心な語りに、ラージャは曖昧《あいまい》に相槌《あいづち》を打つ。一応話は耳に入っているが、実は、その内容までは頭に入っていない。

「王女……？」

今日も黒衣姿のベナが手を止め、鏡越しに不思議そうにラージャを見やった。

「嬉しくはございませんの？　天井飾りの普及は王女の悲願ではございませんか」

「え……いえ、嬉しいですよ！　ありがとう、ベナ」

指摘されて我に返ったラージャは、慌てて笑顔でとり繕《つくろ》った。

ベナがなぜだか「ふふ」と笑い、たたんであった頭衣《ベール》を手に取る。服と同じ色で、下端に焦げ茶の波刺繍《なみししゅう》がいくつも施《ほどこ》されたものだ。それを、彼女はどこか嬉しそうに、てきぱき広げる。

「シャムス殿下と何かございまして？」

不意打ちに、肩がとび跳ねた。彼女には昨日のことは話さずにいたはずなのに、どうして分かってしまったのか。

鏡の中の侍女を見ると、白面を覆《おお》う黒布の下から忍び笑いがもれ聞こえてくる。

「ゆうべから一度も殿下のお名前を口になさいませんでしょう？　先日までは、お話しなさったことの一言一句まで教えて下さったのに。何かおありだったかと邪推いたしました」

言われてラージャは目をパチパチとさせ、「そうでしたっけ？」と問い返した。とぼけたわけではない。自覚がなかった。シャムス懐柔《かいじゅう》のために報告を怠《おこた》らなかったことは確かだけれど、一言一句まで知らせていたつもりはなかったのだ。

ラージャは、今度こそ軽く眉を寄せてとぼけてみせた。

「何か、なんて、何もないですよ。シャムスはいつも通り素っ気なくて」

「いつも通りに」

「はい……いえ、いつも以上に、ですけど……」

うつむき、指と指とをいじり合う。そうしていると、口が勝手に昨日の出来事を話し始めていた。そうそれこそ、一言一句を再生するように。

「わたし、シャムスの意思を尊重したかったんです。だからこそもう少し気持ちが楽になるように助言したつもりだったんです。でも、気に障《さわ》ったみたいで……嫌われたのかもしれません。昨日のシャムスは過去最低の冷たさでしたから……」

「あらあらまあ。でも王女、それは殿下の祝福のせいでございましょう？」

「え……？　祝福の？」

「はい。殿下は『好きな人に好かれない』という祝福をお持ちで、そのために人と距離を置いておられるのでしょう？　王女に対して冷たくしてしまうのも、王女に疎《うと》まれたくはないという感情が働いているからではございませんの？」

「……それって……わたしがシャムスに、多少なり好かれているということですか？」

きょとんとして問い返すと、侍女はにっこり「ええ」と答えた。大きく首を振る。

「ありえませんよ。彼に悩殺が効かないの、忘れてしまったんですか？」

「……そこで悩殺を持ちだしてしまうのですねあなたは……」

なぜかベナが額を押さえてうめく。だって、と、即座にラージャは反論した。

「殿方《とのがた》に好かれるってそういうことでしょう？　でも、どうして今さら……もしや効き方が鈍いだけで、実はじわじわ悩殺されていたってことですか？」

「きっと違うと思います」

「ええ？　じゃあシャムスの祝福が逆に働いたの……？」

は――と、ベナが心底不思議そうな顔をしたが、迷宮のような複雑な思考に入りこんだラージャはもはや彼女のことなど目に入らなかった。

昨日起こった、およそラージャの理解を越えるシャムスの態度の急変。祝福と思えば確かに納得がいく。

それに、ラージャは過去に自分で言ったのだ。「好きな人に好かれない」彼の祝福は、ひっくり返せば、「嫌いな人には好かれる」ということ。だから彼がラージャを迷惑がっているうちはラージャは彼を好きになるはず――と。

行き過ぎたということだろうか。

あれほどはっきり拒絶されるくらい、ラージャの想いが強くなりすぎた――？

「え……えええ？　そういうこと？　そういうことですか？　わたし、シャムスのこと――」

「――王女。どこに答えを見出《みいだ》したか存じませんけれど、本当に正しい答えはあなたと殿下の胸の内にしかございませんからね。それだけはお忘れないように」

いっぺんに熱を帯びた頰《ほお》を押さえ、おろおろしていたラージャは、侍女の言葉で冷静さを取り戻した。彼女の言うことはまったくそのとおりだ。祝福に惑わされて、危うく本質を見失うところだった。

「ありがとう、ベナ。今の意見、すごく大事でした」

「どういたしまして」

寄せ木細工の鏡の中、侍女と目を合わせて笑いあう。

「ベナってわたしのお姉さんみたいですね。足りないところを補《おぎな》ってもらってばかり」

「あら、光栄ですわ。姉の真似《まね》ばかりしていた甲斐《かい》がありました」

「え？　ベナにはお姉さんがいるんですか？」

傍に仕えてもらって三年以上経つが、初めて耳にする事実だった。驚けば、ベナはベナで頰に手を添え、「まあ」と目を丸くする。

「わたくし、申し上げておりませんでしたかしら」

「初めて聞きましたよ。羨《うらや》ましい、わたしもきょうだいが欲しかったな……」

母が失踪《しっそう》したバジの宮殿では決して口にできない願望を、つい、口にしてしまうと、ベナが鏡の中で気遣わしげに眉を寄せた。

「兄弟姉妹があっても、良いことばかりではございませんよ。シャムス殿下もそうでございましょう？　母親の違う兄君が王になり、ご自身は苦労を重ねるばかりで」

「そう、ですね……。シャムスはロールーリ王の後継にと望まれているそうですし、タクタルでもロールーリでも、きっと難しい立場にいるんでしょうね。……だからこそ、気を許す人を求めて欲しいんですけど」

「心を開いて下さるまで時が必要だということですわ。そうですね、千一昼夜ほどお時間をかければ、怖いものはないのでしょうけど」

茶化すような口ぶりに、ラージャは大きく口を開き——しかしそのまま黙ってしまった。

砂漠において「千一昼夜」は特別な時間。恋が愛に変わるために必要な歳月だと言われているのだ。

「ともあれ、本日も殿下を籠絡《ろうらく》すべく頑張りましょうね、王女」

ポン、と肩を叩いて、ベナは虚空を見上げて「ああでもないこうでもない」と言い始めた。「王弟殿下陥落作戦」を脳内で模擬《もぎ》展開しているのだろう。

（……頑張って、いいの……？）

鏡から離れ、窓辺に歩み寄り、ラージャはため息をついた。

ほとぼりが冷めているなら問題ないが、まだ彼の機嫌が悪かったらどうするのだ。

ラージャに会うなり余計に不機嫌になったら？

そうそれに、シャムスだって自分の祝福と一日二日の付き合いではないのだ、急にラージャを疎ましく思うことに違和を覚えはしないだろうか。疑問を感じたりは？

原因を追及されるといろいろ困るのだが。——いろいろ！

(ああダメ、しばらくシャムスに会わない方がいい。会えば会っただけ墓穴を掘る気がする)

太陽に背を向け、ふるふると首を振ったときだった。

「——なんかオイシイにおいがするぅ」

急に背中にのしかかるものがあって、ラージャは「ひゃっ」と首を縮めた。頭衣《ベール》の向こうから「びっくりした？」と顔をのぞかせたのは、なんとタクタルの魔精《ジン》・ルキス＝ラキスである。

「ルキス……いつの間に」

「今の間よー。食欲をそそるにおいがプンプンするからつい飛びついちゃった」

今日も少年のような服装で現れたルキス＝ラキスは、その場でくるりと身を返し、上機嫌にラージャの隣に腰を据えた。先日立腹させたまま別れた気がしたのだが、そんなことはもう忘れたようだ。肩をすりつけるようにして顔を寄せてきて、にっこり微笑《ほほえ》む。

「ねえねえ、何に葛藤《かっとう》してるの？　あたしに聞かせて。聞かせて聞かせて？」

タクタルの魔精は無邪気に問うた。

「き、聞かせてって」

「いいじゃなーい。あたしたち友だちでしょ。悩みは聞いてあげる。ね？」

いつの間に友だちになっていたのか。いやそれ以前に葛藤しているつもりはない。たぶん。

(……してないわよね？　え、してる？)

肩で押されながら変な汗をかき始めたとき、不意にラージャは思いついた。

「——シャムスですよ」

「え、シャムス？」

「そう、そうです！　彼にかけられた祝福を思うと歯がゆくて歯がゆくてならないんです！」

ラージャはこれ幸いとばかりに肩を押し返し、たたみかけた。するとルキス＝ラキスは急にやる気をなくしたように、

「なーんだ。そんなこと？」

と、両足を投げ出す。

「別のことなら、ちょちょいと手を出してもっとオイシイ葛藤作ろうと思ったのになー」

「……ってそれ、わたしにとっては大迷惑です。それにあなた、わたしを食い物にする気ですか。ていうか、もうすでに食べたんじゃ……」

「もっちろん。さすが天然モノね、美味《おい》しくいただきました。ごちそうサマー」

悪びれもせず言ってのけて、「ふっふーん」と鼻歌まで歌うルキス＝ラキス。どこでどうやって摂取《せっしゅ》したのか分からないが、満足げに腹をさすっている。

「——そうですわ、王女。何も無理やりシャムス殿下のお口から聞かずとも、ルキスさまに例の方法をご教授たまわれれば？」

静かに控えていたベナが、急に声を上げた。ポンと手を打つ。

「そうですね、そうですよ！　ルキス。あなたなら分かりますよね、祝福を解く方法。連日シャムスに聞いていているんですけど、ちっとも教えてくれなくて困っていたんです。代わりにあなたが教えて下さい。わたし、もう祝福に振り回されたくないんです」

胸に手を重ねてすがるように訴えると、ルキス＝ラキスはいっとき不思議そうな顔をした後、何か値踏みするような目でラージャのことを眺め始めた。

そしてやおらきゅっと口角を持ちあげ挑発的に笑って、

「いいわよー。やれるもんならやってみて」

「本当ですか！　やります、何だってやります！　何をすればいいんですか！」

「うん、他の魔精の祝福がかかった人と結ばれればいいのよ」

ルキス＝ラキスは拍子抜けするほど簡単に白状した。

ラージャは目をしばたたかせる。

「……結ばれる……って、お互いに想い合うということですか？」

「んーん、もっと単純明快。早い話が人間の子作りと一緒」

「はっ……？」

「違う魔精の祝福を受けた者の身体《からだ》が結ばれるとそれぞれの力が反発し合って相殺《そうさい》されるんだってさ。実際見たことないから確証はないけどー」

伸びやかな声で詳細まで説明され、ラージャは愕然《がくぜん》とした。説明は至極《しごく》分かりやすかったので頭で理解するのは早かったが、何かすっきりしない。するはずがない。なにせその方法を教えてくれと散々せがんでしまった相手が当の「他の魔精の祝福を受けた人」である、取りようによっては大胆《だいたん》極まりない発言である。

（だから「危険だ」なんて言ったんだわ……！）

ようやく過日のシャムスの言葉を正しく理解し、ラージャはひしゃげそうなほど強く頬を押さえた。一瞬にして全身に熱が駆け抜け、頬のみならず耳も首もあますことなく焦がしていく。

（なんであんな恥ずかしい発言を連発したの！　実践《じっせん》とか絶対に無理。ううん、そんなことより、今度シャムスに会うときどんな顔をしたら——！）

あまりの惑乱状態で目を回しそうになったとき、ふと、ルキス＝ラキスがご満悦《まんえつ》の顔で自分を見ていることに気がついた。

「……ルキス。もしかしてあなた、今もわたしを食べてます？」

「ええ。やりたくてもできないうぶな王女サマの極上《ごくじょう》の葛藤。美味よ、美味！」

「ルキス！　あなたって人は……！」

「あたし人じゃないもーん」

曲芸師のように窓枠《まどわく》に、寝台に、と飛び跳ねて逃げるルキス＝ラキスは、大きな藍《あい》色のクッションを踏みつけたところで「あ、そーだ」と振り返った。

「肝心《かんじん》の用事、忘れるとこだったわ」

「用事？」

「うん。ロールーリの王サマがね、王女サマを宮殿に連れてこいって言ったのよね」

「え──ロールーリ王から、呼び出し……？」

そう、とこともなげに肯定された瞬間、寸前までの羞恥《しゅうち》が天の彼方《かなた》まで吹っ飛んだ。

先の貴賓会《きひんかい》で、砂漠の秩序をいっぺんに乱しかねない危険な騒ぎを起こしたラージャである。その主催の王からの呼び出しとあれば、楽しい誘いでないことくらいは容易に想像がつく。

（絶対に叱責《しっせき》される……！）

燃えるようだった身体が一転、冷や汗まみれになったとき、「大丈夫ですよ」と明るく申し出たのは献身的な侍女《じじょ》だった。

彼女は全身で唯一露出している目元をやさしく和《なご》ませ、

「これは好機でございます、王女」

「好機？」

「ええ。お詫《わ》びの印に、ロールーリ王に銅版飾りを献上すればよいのです。貴賓会などで飾れたらたちまち砂漠中で流行いたしますわ。お咎《とが》めは受けても、収穫《しゅうかく》も十分にございます」

「……ベナ。それ、さすがに図々《ずうずう》しくありません……？」

「使えるものは何でも使え、がわたくしの信条ですわ」

おほほ、と品よく笑いながら、ベナは早速《さっそく》荷づくりにかかった。

「……あのお姉さん、実は商売人だったの？」

ルキス＝ラキスの不思議そうな声に、本当ならバジの後宮《ハレム》で優雅に暮らしていたはずの女性だった——とは、もはや言えないラージャであった。

「バジ王女ラージャでございます。先日は大変失礼いたしました。伏してお詫《わ》び申し上げます」

再び訪れた黄金宮殿の広い庭。そう、あの黄金の花をいただく池のほとりである。

ラージャはあずまやに盛られた大ぶりのクッションに埋もれるように座る人物に、言葉通り身を低くして謝罪した。

ロールーリ王にして王の中の王、マウルは、細かな蔓花《つるはな》模様を描いた赤紫の衣服をまとい、よく光る黄金で身を飾り、白頭巻《ターバン》の前面に水色と黄緑の羽根をピンと立たせた、華やかな装いをしていた。噂《うわさ》には聞いていたが、想像していたよりもずっと若々しく、ずっと美しい。

シャムスとはいとこ同士のはずだが、あまり似たところは見つけられなかった。にこにこしているところが何より決定的な違いである。

（……というか、愛想とかいう以前の問題……？）

ラージャは身体中をカチコチにしながらも困惑していた。先ほどからなぜか楽しそうに観察されているような気がするのだ。詫びに対して叱責《しっせき》も、許しももらえないままなのに。

「……あの」

居心地の悪さに耐えかねて、恐る恐る顔をあげる。途端に視線が重なり身構えたが、

「キミ、真面目《まじめ》なんだね」

しみじみと放たれた第一声がそれで、一気に力が抜けた。

軽く顎《あご》をなで、喉《のど》を鳴らすようにマウル王が笑う。

「一応言っておくと、私はキミを咎《とが》めたくて呼んだ訳じゃないよ。貴賓会《きひんかい》での悩殺騒動も、この国の王としては大迷惑だけど個人的には興味深かった。あ、せっかくだからこれは貰《もら》うけど」

ロールーリの若き王は先ほどラージャが献上した天井飾りを掲げてみせた。

薄く伸ばした銅板を丸く切り出し、よく磨《みが》きこんで葡萄《ぶどう》のようにつないだその飾りは、今、斜めに差し込む太陽の光を弾いてきらきらとよく光っている。これが夜になると、あたたかみのある燭明かりをより室内に広げてくれる効果があるのだ。

マウル王は「きれいだなぁ」と、感嘆《かんたん》しながら子どものように飾りをもてあそび——彼につられるようにラージャが相好《そうごう》を崩した、その瞬間を狙ったように目の端を鋭くした。

「バジはこれを大々的に売り出したいらしいね。私にくれるのは販路拡大のための一策かな」

急に低くなった声に、ラージャは心臓を貫かれたような心地がした。こちらの目論見《もくろみ》など筒《つつ》抜《ぬ》け。しかもそれを不快に取られたようだ。手の内側にじわっと嫌な汗がにじむ。

「それは、その……」

「──いずれ必ずや砂漠中で流行する物となるはずでございますから、まず真っ先に、砂漠の覇者《はしゃ》たるロールーリ王の元へお届けにあがったのでございます」

言葉に詰まったラージャに代わり、伴《ともな》ってきたベナが怯《ひる》みもせずに堂々と述べた。

マウル王が目をすがめて彼女を見、ベナは反対に、灰色の目で微笑《ほほえ》む。

瞬間的に言いようもない緊張感が漂ったが、

「……なるほど。王女は有能な侍女をお持ちだな」

「恐縮でございます」

王の口の端に笑みがのぼり、ベナがひれ伏すと、なぜか風が吹いたように空気が変わった。

どっと安堵《あんど》した。マウル王の称賛は文字通りの称賛ではないし、ベナの発言が建前《たてまえ》であることも見抜かれている。それでも彼は笑って流したのだ、さすがの度量である。

マウル王は、先のことなどもう忘れたとばかりにラージャにさっぱりとした笑みを向けた。

「ラージャ王女、近頃バジはどうだい？　何か問題は起こってない？」

「え──いえ、特には。何か気になることでもございましたか？」

「うーん……バジとは日常的な交流がないから、この機会にいろいろと聞いてみたいと思ったんだよ。きれいな王女が来ていると聞いたから、余計に話してみたくなったんだ。シャムスが連れて歩いてるのも気になったし」

何やら意味ありげな視線を送られて、ラージャは思わず下を向いた。すっかり引いたはずの熱が、またじわじわこみ上げてくる気がする。

「ま、そういう話はまたゆっくりしようか。それよりも今はこの飾りにがぜん興味がある」

軽く笑った後、マウル王は天井飾りを少し掲げてみせた。

「本当にきれいだよね、これ。まだ在庫はあるかい？　後宮《ハレム》の花たちにひとつずつ贈ろうかと思うんだけど」

「えっ。ひとつずつ……？」

思わぬ提案に、ラージャはまず困惑した。ロールーリの大後宮はそれだけでバジの宮殿全体を上回るほどの規模を誇る。そこに住まう「花」は、当然十人二十人の数ではないはずだ。

「あ、大丈夫だよ、タダでよこせなんて言わないから」

「い、いえ。あの、大変ありがたいお言葉なのですが、現状あまり数がなく……」

「ああ。足りなければ後で納品してもらっても構わない。時間がかかってもいいし」

「は、はい……」

一応返事はしたものの、ラージャはぽかんとしていた。しかしじきに理解する。これは、あれだ。商談が成立したということだ。しかもとても、大きな商談。

遅ればせながら、ようやく歓喜が突きあがってきた。

「感謝申し上げます！　これを作ったバジの職人たちも、きっと誇らしいことと思います！」

「——ただしキミにひとつ頼みごとがあるんだよね、ラージャ王女」

にっこりと笑いかけられて、ラージャは歓喜の絶頂で固まった。たちまち脳裏《のうり》に浮かんだのは「交換条件」の四字だ。なんだかしてやられたような気分になる。もっとも、妙に納得もしてしまうのだが。

「わたしで、お役に立てることでしょうか」

複雑な胸の内を完璧《かんぺき》に押し隠し、問いかける。ああ、と王は顎を引いた。

「キミでなきゃいけないと思ってるよ」

「わたしでなくては……?」

「そう。ちょっとした調査に協力して欲しいんだ。我が国の民を守る、意義ある調査だ。それに、キミの力が要る」

はあ……と、ラージャは曖昧《あいまい》に頷《うなず》いた。自分でなければできない調査とはいったい何なのか、想像もつかない。

けれど、断る理由は特になかった。取引の成否もかかっているし、普段から周りに迷惑をかけてばかりの自分が他人のためになれる、それも単純に嬉しいことである。

ラージャは姿勢を正した。

「お引き受けします、マウル王。具体的に何をすればいいのでしょうか」

「ありがとう。詳しいことは彼に聞いてくれればいいよ。今はすべて彼に任せてるから」

マウル王が細い顎《あご》を投げ出すようにしゃくり、ラージャはその先を目で追った。

乾燥の地とは思えない緑豊かな庭の端。真っ直ぐこちらに歩いてくるのは、

「シャムス、遅刻だよ」

もうすっかりその姿を見慣れてしまったタクタルの王弟殿下だった。

●・・・〇・・・●

深緑色の差し色が美しい、ベージュの衣服。揃《そろ》いの頭巻《ターバン》。腰に佩《は》いた大ぶりの曲刀。

先を行く背中はもう四日も追い続けたものなのに、どうしてか今までとは違って見えた。

ロールーリの目抜き通りである。ラージャは天井飾りの手配をベナに任せて彼女と別れ、シャムスの後をついてそこまで来ていた。が、後味の悪い昨日の別れ方や先頃知ってしまった「祝福を解く方法」が脳裏《のうり》にちらつき、とにもかくにも気まずかった。シャムスが黄金宮殿を出、街に向かうさなかにバーリーと、よりにもよってゼッカルを呼ぶよう要請するから余計に空気はギスギスしている。

「なーあんた。いーかげん白状しろよ、何企《たくら》んでんだ」

通りにあふれる人を避けつついかにもだるそうに歩きながら、ゼッカルが言った。マウル王の「調査」の正体が未だに明かされないうえ、昨日の今日のでシャムスへの反抗心をさらに燃

えたぎらせているらしい。彼の口調はただでさえ荒かったが、

「実験と検証だ」

というシャムスの答えの素っ気なさに、彼はさらに眉尻《まゆじり》を逆立てる。

「あのな、うちの王女連れだしてんだ、ちったぁ殊勝《しゅしょう》に——」

「ゼッカル、やめて」

ラージャが制すると同時にバーリーも首根っこを掴《つか》み、ゼッカルが捕獲された小動物のごとく暴れた。しかしそれすら一顧《いっこ》だにせず、シャムスは黙々と歩みを刻んでいく。

ここは自分の感情に振り回されている場合ではない。

ラージャはゼッカルをバーリーに託し、シャムスと横並びになるまで革靴《かわぐつ》の足を急がせた。

「シャムス。わたしも、できれば詳しく説明して欲しいです。協力は惜しみませんけど、何を目的とするのか分からないままではわたしも対応に困ります」

顔を見上げながら訴えると、いかつい肩越しに一瞬彼の視線が降ってきた。

出会ったばかりの頃のような、塗り固めたような無表情。彼はそのままにこりともせず、鷲《わし》の様相で再び前方を見やって口を開く。

「先日マウル王より依頼があった。この街で頻発《ひんぱつ》している、詐欺《さぎ》まがいの事件を調査せよと」

「……詐欺、ですか」

「まがい、だ。どう見ても価値のないものに対して客が相場以上の金を支払わされている」

ぶっきらぼうだがまともに返事がなされて、ラージャは一応安心して問いを重ねた。

「言いくるめられて払ってしまうということですか？　それ、立派な詐欺《さぎ》じゃありませんか」

「いいや。客は支払いの段階で何のためらいも、違和感もなく支払っている。後々おかしいと思っても払い値は自分で決めているから文句のつけようもない。衛兵に訴え出ても同じことだ、金が戻ることはない。ただ——同様の訴えが多すぎるようだ」

なるほど、だから調査が必要なのだ。そこは合点《がてん》がいったが、分からないことはまだあった。

「客が払い値を決めるなんて、いったいどんな商売です？　競売は被害が多発するほど一般的な方法ではないですし」

「商売でもない？」

「……厳密に言えば商売でもないな」

オウムのように返した時、ぱっと頭に浮かんだものがあった。

「——まさか昨日のへび使いですか」

罵倒《ばとう》されこそすれ称賛する価値をちらりとも見いだせなかったあのへび使いの芸。それでも人々は手を叩いて喜び、一枚あれば二、三日分の食料を買い込めるほどの価値を持つ硬貨を、平気で投げこんでいた。

「あなたも気づいたのか」

シャムスが立ち止まり、目を瞠《みは》るから、ラージャは「ええ」と頷《うなず》いた。

「みなさん気前が良すぎておかしいと思っていたんです。ロールーリとバジでは相場が違うのかとも考えましたけど、それにしても度が過ぎてると。それに、ゼッカルも銀貨を払おうとしたでしょう？　普段ならあり得ないんです、お財布は奥さんにしっかり管理されてますから。無駄遣いしたらものすごく怒られるって、分かってるはずなんです」

「お、王女！　誤解を招く言い方するなよ！　オレは自主的に倹約してんだ、自主的に！」

後方から飛んだ反論を軽く流し、ラージャは「ううん」と顎《あご》に指を引っかけた。

「なるほどこれですべて納得しました。あなたが毎日街を歩いていたのも、そのへび使いを探すためだったんですね」

「そのとおりだ。さすがに奴も日々居場所を変えていたらしい。昨日ようやく発見し――監視をつけておいた。今日はあの広場にいるようだ」

視線を投げるようにして示された、道の先に見える広場。近づいていくと、昨日同様、奇妙にけだるい笛の旋律が漂ってきた。割れんばかりの歓声も聞こえる。

広場に入ればすぐにそれは見つかった。頭巻《ターバン》から脚衣《シャルワール》まで朽葉色《くちばいろ》をまとったへび使いを囲んで、多くの見物人が地面に座り込んでいた。

「あー、昨日のダメへびか！　あっはは、オレまた見たい！」

ゼッカルが急に楽しそうな声を上げ、バーリーを撥ねのけて彼らに近づいて行った。右手はもう懐《ふところ》をまさぐっている。

「ゼッカル、お金を払う気ですか？」

「え？　だって面白いじゃんアレ」

　当たり前の顔で彼は言う。ラージャは今にも財布をとり出しそうなゼッカルの腕をしかとつかまえ、確信を持ってシャムスを見上げた。

「やっぱりおかしいです。いくらゼッカルでも、学習能力くらいはあります」

「ああ。聞けば同じ者が何度も被害に遭《あ》うこともあり、事前に被害を把握《はあく》していたはずの衛兵も被害に遭っているとか。意思の力で防げる問題ではないようだ」

　二人揃《そろ》って二流の芸に酔う観客たちを眺める。老若男女《ろうにゃくなんにょ》、子どもまでもが我先にと金を投げている。銀色に輝く小さな貨幣《かへい》だ。

「……みなさん本当に何の疑問も持っていませんね」

「不気味なほどにな」

　そこにある現状を十分確認し合った直後、二人はほとんど同時に目を見かわした。

「まさかこれも祝福ですか」

「可能性は高い。人の気をゆるめるのか、気を大きくするのか、警戒心を失くしてしまうのか。表面上では確かなことは分からないが、あのへび使いが何らかの祝福で人の感覚を狂わせ、金を巻き上げていると考えれば合点《がてん》がいく。——あなたが奴に接触すれば、ひとまず祝福の有無は判別できるだろう」

「なるほど、そういうことですか」

へび使いの色付き頭巻《ターバン》からして彼が独り身であることは明白である。ということは、彼がラージャの祝福に影響されなければ、シャムス同様何らかの祝福を身に宿していることになる。

ようやくすべてを理解して、ラージャは気持ちを締めるように顎《あご》を引いた。

「すぐに試しましょう。祝福を悪用しているとしたら許されないことです。早く止めないと」

「同感だ。——バーリー。こいつを抑えてろ」

シャムスが振り返ってゼッカルを押しやると、きちんと唇を読んだらしい、バーリーがすかさずゼッカルを羽交い締めにした。そこでおや、とラージャは思う。

「バーリーはここに来ても様子が変わりませんね。わたしの祝福も効きませんし、まさか彼も何かの祝福を……?」

「違うな。耳のいいゼッカルは簡単に引っかかる。一方聞こえないバーリーには何の変化もない。つまりこの祝福は音をきっかけに影響を受ける。——原因は、あれではないかと思う」

揃《そろ》って目を向けた先、大勢の観客の前で、へび使いは大げさな動きで縦笛を鳴らしている。

「あの音が、感覚を狂わせている原因……?」

「笛を止めてみれば分かるだろう。ひとまず近づく。あなたは、貴賓会の時のように前に周りに声をかけながら前へ。その方が警戒されない」

「分かりました。やってみます」

「──ラージャ」

早速つま先の向きを変えたラージャを、シャムスが手を出し止めた。

「慎重に。決して傍を離れないように」

思いがけず頼もしい言葉がかけられ、ラージャは一瞬胸の内で星がまたたくような、不思議な感覚を味わった。

さっきまでろくに口もきかなかったのに。昨日など、冷たくあしらわれたのに。

彼は、肝心《かんじん》な時に限ってきちんと優しい。

「……ラージャ？」

「あ──はい。ごめんなさい。行きましょう」

呼ばれて思考の海から脱し、ラージャは感情を押しこめるように両手の形をこぶしに変えた。

先日まで毎日そうしていたようにぴったりとシャムスの横につく。

背後のゼッカルが何かわめいているが聞き流し、シャムスが顎を振るのを合図に、ラージャは貴賓会での場面を再現するように「通して下さい、道を開けて下さい」と声を上げた。

効果は、すぐにあった。観客の中でも色付き頭巻《ターバン》の男たちが、まず笑うのをやめたのである。

悩殺の効かない他の客らに迷惑そうな顔をされながら、それでも人の間をかき分け、へび入りの壺《つぼ》とへび使いの前に立つ。

へび使いは、いきなり出現した長身のシャムスを、怯《ひる》んだように見上げた。その口から笛が離れ、音が途切れると、うるさいほどだった観客の笑い声が指揮されたようにピタリとやむ。

読みは当たった。二人で軽く頷《うなず》き合った後、シャムスが威圧するようにへび使いを見下ろした。大鷲《おおわし》のごとき双眸《そうぼう》が、本領発揮である。その視線は物も切れそうなほど鋭い。

「……本場のへび使いを見たことがあるか」

ぞっとするほど低い声で、シャムスは言った。

「へびは聴覚が弱い。よって音を鳴らしたところで動きはしない。だから本物のへび使いたちは笛を吹きながら巧く壺を小突いて振動させ、へびを刺激し、動かす。だがおまえはそんなそぶりは見せないな。しかも客の前に出すへびの、毒牙も抜いていない」

「な、なんだよ偽物だって言うのかよ。別に偽物だろうと本物だろうと、評価すんのは客だ」

へび使いは、焦りの色をにじませながらも果敢《かかん》にもそんなことを言い返した。

「なるほど、言い訳は完璧《かんぺき》だな。――ラージャ」

目配せされて、ラージャは「はい」と前に進み出た。へび使いの前で膝を折り、

「あなた、祝福を持っているんですか」

真っ直ぐに目を合わせて問いかける。「はあ？　何？」とおかしな顔をする彼に、悩殺された気配はない。一応腕に手を伸ばして触れてみたが、少々うろたえはしたものの、やはり悩殺と呼べるほどの変化はなかった。

「なんなんだよ、あんたたち」

「やっぱりあなた、魔精《ジン》に何かされているはずです」

ラージャが再び双眸《そうぼう》に訴えたとき、男の顔色が目に見えて変わった。シャムスも立て膝になって彼と目を合わせる。

「……祝福についての知識はないが魔精に関わっている自覚はある訳だな。ついでに、誰からも褒められない方法で荒稼《あらかせ》ぎしていることも」

途端に、へび使いが笛もへびも放りだして逃げ出した。すかさずシャムスが声を上げる。

「ゼッカル、逃がすな！」

「なんであんたに命令されなきゃなんねーの！　ああ行くけど、行くけどさ！」

笛の音が途絶えてすっかり元通りのゼッカルは、悪態をつきながらもバネで弾んだように走り出した。そしてスリ時代、主に逃亡するとき培《つちか》った俊足を活《い》かしてあっという間に男に追いつくと、その背中に飛んでのしかかるという荒業で見事に彼を抑えこむ。

「おし、確保！」

「そのままロールーリの衛兵に引き渡せ」

「だからなんで命令すんだよ。いや連れてくけど。連れてくけどさ！」

「反抗する暇があるなら身体《からだ》を動かせ」

「へーへー。おっしゃるとーりにいたしマス」

ぶうぶう言いながらゼッカルがへび使いを引っ立てて行く。シャムスはバーリーを手で招き寄せ、言葉が通じないながらも上手《うま》く後処理を指示している。

役目を終えたラージャはそんな彼らを順に見まわし、最後、へび使いが投げ捨てていった縦笛に目を留めた。

複雑な気分だった。自分が散々振り回されてきた魔精の祝福を、こんなふうに利用する者がいるなんて。

（シャムスは苦しみに耐えて他人のために活用しているのに——）

どうしようもない悔しさが足元からじりじりこみ上げてきた、そのときである。

ラージャは、目の前の壺がわずかに動いたことに気づいた。

そう言えば、中にはまだへびがいるのだ。

毒の牙を持ったへびならば、こんな街なかで野放しにはできない。できるならこのまま捕獲して、人里離れた場所で野生に帰すか、反対に正しく飼いならすか、もしくは酒に漬けるか皮をはいで加工するか、せねばならないだろう。

いずれにしてもこのまま逃がすことだけはあってはならない。

素早く辺りを見回し蓋《ふた》になりそうなものを探す。あいにくうってつけとは言えないが、へび使いが座っていた薄っぺらい絨毯《じゅうたん》があった。壺の口にかぶせてひっくり返してしまえば、一応閉じこめることはできる。

よし、と、ラージャは腹を決めた。へびはあまり好きではないが、呼ばれてここに来たからにはもっと役に立ちたい。へびを刺激しないよう、そっと絨毯《じゅうたん》をたぐり寄せ、静かに壺へと手を伸ばす。

と、そのときだった。

シィイイイと、突然へびが牙を剝《む》いて襲いかかってきて、ラージャは悲鳴を上げた。反射的にのけぞったがそれが災《わざわ》いしてバランスを崩し、砂の上に尻をつく。

へびが眼前に迫るのが真正面に見えた。

咬《か》まれる――。

十秒先の未来が容易に想像できて、ラージャはきつく目をつぶった。が、十秒待っても想像した痛みに襲われず、薄目を開く。またも悲鳴が口をついた。

へびは、腕に牙を立てていた。ただしそれはラージャの腕ではない。きっととっさに手が出てしまったに違いない、シャムスの腕に喰らいついていたのだ。

「シャムス！」

「大事ない」

シャムスは左腕をへびに咬ませたまま、腰の得物に手をかけた。白刃一閃《はくじんいっせん》。曲刀が不気味に長い体を分断し、へびは頭と尾に分かれて地面に倒れ伏した――が、なぜだろう、血の一滴も流れない。それどころかまばたきする間に二つに分かれたはずの身体が互いを呼ぶようにつながり合い、再び元の形でくねり始めたではないか。

「ど、どうなってるんです……今、確かにあなたが斬《き》ったはず……」

ラージャは全身が粟立《あわだ》つのを感じながら、思わずシャムスにすがりついた。

「おそらくこいつは魔精《ジン》だ。不用意に近づくな」

シャムスが咬まれた腕を押さえながら、ラージャをかばうように後退する。

芸の間はまるでやる気がなかったくせに、今、針のような目つきをしたへび。確かにその面構《つらがま》えは野生のものとは言い難かった。人の怨念《おんねん》でも抱いているかのような禍々《まがまが》しさがある。

へびの姿をした魔精は、こちらが怯《ひる》んだと見るや、しゅるしゅると身をくねらせて地を這《は》いまわった。芸を喜んで見ていた客たちも、さすがに不気味がって悲鳴とともに方々に逃げ回る。へびはそれをあざ笑うように、悠々《ゆうゆう》と逃走をはかった。

「ああ、行ってしまいます……！」

「――バーリー。あいつを一瞬止める、捕獲しろ」

シャムスがいったんラージャを遠ざけ、放りだされた薄い絨毯をバーリーに投げてよこした。

きちんと唇を読んでいたらしい、絨毯を受け取ったバーリーが一気に駆けだす。

シャムスは、曲刀を持ち直して振りかぶった。一直線、白刃が飛び、見事にへびの頭部に突き刺さる。タイミング良く駆けつけたバーリーが刀を抜き、へびを絨毯にくるんですぐに四隅を固く縛《しば》った。頭を割られてもやっぱり復活したらしい、へびが中でのたうち始めたのが分かったが、いくら魔精でもこうなると手も足も出ないのか――もっとも手も足もないのだが――

ひとしきり暴れた後、諦めたように大人しくなった。

「よかった、へびも……いえ、魔精も捕まえましたね」

ラージャは安堵《あんど》のため息を漏《も》らし、シャムスを見上げた。が、彼の表情が険しいことに気付いてハッと息を詰める。腕を見れば、衣服に二つの血のにじみが確認できた。

「シャムス、傷口を。あの手のへびは毒を持っているはずです、早く吸い出さなくては」

袖《そで》をまくろうとしたラージャを、シャムスは肩を引くことでさえぎった。

「あなたが触れてはいけない。魔精の力がかかった身体に別の魔精の力を取り込むと危険だ」

「ええっ？　それってあなただって危ないということじゃありませんか！」

「あなたが危ないよりマシだろう」

さらりと言って、シャムスは片手で不自由そうに頭巻《ターバン》をほどいた。途端にこぼれ出す黒い髪。

彼が頭巻を外した姿をさらすのは初めてだ、一瞬目を奪われる。

だが彼に首を向けられ、

「腕を縛ってくれないか。できるだけきつく」

と頼まれると震えるように我に返って、言われたとおり、頭巻を強く腕に締めた。

「……シャムス、ごめんなさい。わたしをかばってこんな……」

「言ったはずだ、あなたが咬《か》まれるよりはるかにいい」

先の言葉をくり返され、心臓がドキリと重い音を立てた。そんな場合ではないのにどんどん脈が速くなって、身体中《からだじゅう》に熱いものが駆け巡って、なんだかじっとしていられなくなってくる。

「……どうして、そんなことを言うんですか？」

感情が走りすぎて、ついつい想いが口に出る。

怪訝《けげん》そうな顔をされたら、ますます言わずにおれなくなった。

「あなた、わたしのこと嫌いになったでしょう？　どうしてかばったりするんです……！」

「………」

シャムスがゆるく首を傾《かし》げた。まるで聞き慣れない言語でも聞いたような顔。彼は何かを言いかけ――しかし声を発するより先に額に手を当て、妙に重いまばたきをし始めた。

異変に気づき、ラージャは急いで彼の顔をのぞきこむ。

「……シャムス？　どうしました？」

「……ルキスを」

そうつぶやいたシャムスが、唐突《とうとつ》に膝を崩した。とっさに手を出したラージャも、支えきれずに彼もろともその場に座りこむ。彼の呼吸が浅いことに気づき、へびの毒だと一瞬で理解した。

「シャムス。シャムス、しっかり」

呼びかけたが、返事はなかった。ラージャは自身の胸に寄りかかり、段々重くなっていく無言の身体を抱きしめ、震えるのどを痛めつけるかのように、声の限り叫んだ。

「……誰か車を……早く、車を！」

●・・・○・・・●

——子どもの頃は感情に素直なたちだった。

楽しい時には声をあげて笑い、寂しい時に泣くのを我慢することもせず、父や母に日々愛情を示し、兄弟たちとの喧嘩《けんか》の後には贖罪《しょくざい》の気持ちと小さなプライドを戦わせながらも頭を下げて——当然、好きなものも好きだと主張することに何の抵抗もなかった。

そんなシャムスがその性格を一変せざるを得なくなったのは、歳《とし》が十を数えた頃だ。

ある日突然目の前に現れたルキス＝ラキスに、額に口づけをされたのだ。

地獄の始まりだった。

親しくしていた女性たちが、みなシャムスを疎《うと》んじ始めたのだ。

母の服装を褒めれば罵《ののし》られ、気が合っていたはずの宰相《さいしょう》の娘は見つめるだけで顔をしかめた。なついていた妹たちも頭をなでれば泣いて逃げ、丁寧《ていねい》な働きぶりに礼を言う、たったそれだけのことで女官たちにも不快な顔をされる始末だった。

みながおかしくなった。そう思った。

自分が何かいけないことをしたのだと考えたこともあったけれど、どんなにへつらってみてもみなの様子は変わらなかったのだ。

訳が分からなかった。一日目はただただ困惑したが、状況が変わらなかった二日目に困惑は失望に変わり、三日目にはもう涙も枯れ果てていた。四日目には人が怖くなり、五日目には他人を避けるようになり、以後、自分を守るために部屋から出なくなった。

誰とも口を利《き》かないまま過ごす狭い空間。不意に開け放たれた窓から大空に飛び出したくなったのは、いったい何日目のことだっただろう。それを実行せずに済んだのは、まだ少年だったマウルが、シャムスを心配してはるばる訪ねてきてくれたからだった。

「キミは悪くないよ。キミの母上も、妹たちも――誰も悪くないんだ」

マウルは久しぶりに泣いて苦しみを訴えたシャムスをそう慰め、大切な秘密を明かすように、魔精《ジン》が施《ほどこ》す祝福の存在を教えてくれた。そしてパシパから聞いたという砂漠の理《ことわり》を説き、祝福の意義を聞かせ、厄介《やっかい》な祝福と共存する方法を、一緒になって考えてくれた。

状況は、劇的に変わった。

あの奇妙な現象の原因が分かったことでまず気が晴れ、祝福を意識して行動することで周りへの影響は減った。祝福を制御できるようになると魔精とも対等の立場になれた。

絶望一色だった人生が、少しだけ持ち直したのだ。

ただ――当時から変わらないことがひとつだけある。

人が怖い。

いや、人に心を背けられることが——たまらなく、怖い。

「シャムスー、いい加減起きてよーう」

鼻をつつかれる感触がして、目が覚めた。「あ、起きた」とまず笑いかけてきたのは無邪気も過ぎる母国の魔精で、不届きにも人の身体の上に正座している。重くはないがあまり気分のいいものではない。すぐに彼女を追い払って起き上がると、そこは来訪のたびに間借りしている黄金宮殿の客室であると気づいた。すでに外は暗くなっており、古めかしいランプの明かりが寝台周りをぼんやり明るく照らしている。

シャムスは前髪に五指をさしこみ、長い吐息をもらした。

「……ずいぶん寝ていたらしいな」

「うん。でも身体はもう大丈夫でしょ？　毒はあたしが吸い取ってあげたんだから。それにあのへびも。マウル王サマからもらって、がっつりいただいて力に変えたのよ。えっへん」

「アレを食べたのか」

「うん。マズかったけど力をつけるために我慢したの。えらいでしょ」

「……ああ。良心的な魔精を持ってタクタルの民は幸せだ」

心に従順にそう告げると、ルキス＝ラキスは身をくねらせ「えへへー」と嬉しそうな顔をした。彼女には祝福が効かないとはっきり分かっているせいか、舌もなめらかになる。「ありがとう」の一言も、するりと口に出た。

「それで？　あのへび使いはどうなった？」

「尋問中よ。余罪がたんまりありそうなんだって。マウル王サマ、きっといっぱいご褒美《ほうび》くれるわよ。よかったわねー」

ルキス＝ラキスはにこにこした。この魔精は自由奔放《ほんぽう》で食うことに対して貪欲《どんよく》だが、水の供給に関して妙な責任感を持っている辺りが他の魔精とは少し違う。彼女は、糧《かて》を与えられたらその分水で返さねば気が済まない性分なのだ。だからこそ忌《い》まわしい祝福をかけた張本人《ちょうほんにん》であっても、憎みきれずに共にいる。

「あ、シャムス。目が覚めたら広間においでってマウル王サマが。ご馳走《ちそう》するって言ってたわ」

言われて耳を澄ますと、窓から弦楽器楽の調べが聞こえてきた。黄金宮殿ではほとんど日常だったが、今宵《こよい》も今宵で何らかの宴《うたげ》が行われているようだ。

「……病み上がりでも宴席に引っ張り出すのか……相変わらず厳しいお方だ」

「んー。シャムスだけだったら別に良かったんじゃない？」

「どういうことだ？」

「バジの王女サマもお呼ばれしてるの。一応功労者だもんね」

「……ますます行く気がしないな」

シャムスは頬をひきつらせ、再び背から寝台に身を沈めた。

ルキス＝ラキスがわざわざ這《は》い上ってきて顔をのぞく。

「あれぇ？　シャムス、いつの間に王女サマのこと嫌いになっちゃったの？」

「……言うな。訳が分からなくなる」

ルキス＝ラキスを避けるように壁に向かって寝がえりを打つ。

朦朧《もうろう》としてはいたが、しかと耳に届いていたのだ。「あなた、わたしのこと嫌いになったんでしょう？」という、簡単には聞き流せない、しかし片づけ方の分からない台詞《せりふ》。

何がどうしてそんな台詞が飛び出したのか、今考えてもまったく不可解だ。

「あ、嫌いと言えばあたし、王女サマに祝福解く方法教えてあげたんだけど」

不意にルキス＝ラキスがそんなことを言い出し、シャムスは「何だと」と、思わず寝台に肘を突き立て半身を起こした。

「教えてって言うから教えてあげたの。ダメだった？」

首を傾け問いかけられて、言葉に詰まる。

別に誰が禁じた訳でもないから教えたって差し支えない。それを知ったところで実行するかどうかは彼女次第だし誰に協力を仰《あお》ぐのかも彼女次第だ。ただ、方法が方法だけに個人的に気まずいだけで。

押し黙っていると、ルキス＝ラキスが、さびしがり屋の猫のようにすりよってきた。

「シャムスー、王女サマにお願いされたら祝福解いちゃう？」

「解くか！」

火を噴くように否定したら、ルキス＝ラキスは「あ、よかったー」と大げさに肩を下ろした。

「やる気なら全力で阻止《そし》しようと思ったのー。オイシイごはん大事だもの！　あ、でも一時解除くらいならあたしも見逃してあげるわよ？」

ぱちっと片目をつぶられたら、今度は冷や水を浴びせられたように口元が凍りついた。

「……おまえ、まさかそっちも教えたのか」

「んーん。教えてない。聞かれてないもん」

首を振って否定されて、シャムスはいっぺんに安心した。「完全解除」をねだられると大変に困るが、「一時解除」をねだられてもそれはそれで困る。

いやそれ以前に、現状あの王女には何をされても困る。なんとなく。

シャムスは全身を使ってため息をついた。

ラージャに懐かれている自覚はあった。むろんその理由が「悩殺が効かないから」であることと分かってはいるが、長らく他人を避け、渇《かわ》ききってしまったこの身には、ラージャの屈託のない笑みがどうしようもなく魅惑的に思えてしまう。邪険にしてもめげないからなおさらだ。

否応《いやおう》なしに手を伸ばしたくなる。

だが、誰をどれだけ想っても決して想い返されることはない身の上だ。無理に手を伸ばせば、脳裏《のうり》にこびりついて離れないあの凄惨《せいさん》な日々を、またくり返すことになると分かってもいる。

そんなふうになるくらいなら――顔を背けられるくらいなら、先に背けていた方が、いくらも楽だ。だから今、動けない。

(それ以前にラージャは――)

最も重要な事項が頭をよぎった時、ルキス＝ラキスが腕を伸ばして肩にまとわりついてきた。

「あはっ。シャムスが葛藤《かっとう》してるー。オイシー。かわいー。ねえ?」

ルキス＝ラキスが急にあらぬ方向に同意を求め、シャムスは眉根《まゆね》を寄せてそちらを見た。返事の代わりに、りんしゃん、と、軽やかな鈴の音が響き、ぎょっとする。

「おまえ……」

明かりが届かないところから静かに進み出てきたその人の肩には、細い束ね髪が載っていた。

やんわりと笑う、凹凸の少ない顔。その容貌《ようぼう》を確認し、シャムスはゆるゆる肩から力を抜いた。

「……バーリー。いるならいるとひと言声を――……かけられないな。すまない」

ほとほと混乱しているなと思いながら、シャムスは礼をとるバーリーの前で姿勢を正した。

「何か用か」

尋ねるシャムスに、バーリーはにこやかに紙の束を差し出して見せた。そこには形の良い文字で『急ぎ宴席へ』と書かれてある。

「……正直行きたくないのだが」

反論すると紙をめくられる。『王女は人に見られて不安そうです』とある。

「……また注目を浴びているのか。当然だろうな」

以前から噂《うわさ》になっていた美貌《びぼう》の王女が、ようやくこの地に現れたのだ。貴賓会《きひんかい》での悩殺ぶりも手伝って、当分はどこへ行っても関心を持たれるに違いない。

「慣れるか耐えるかするしかない」

素っ気なく返すと、話の流れを先読みでもしていたのだろうか、『王女は人の視線が苦手です』『そろそろ爆発します』『また騒ぎになりかねません』と、バーリーは次々と紙をめくってシャムスを攻め立てた。それだけの怒濤《どとう》の攻撃を、笑顔で仕掛けてくるからたちが悪い。

「……それほど心配ならおまえたちが傍に付いていればいい。ゼッカルはどうした」

『うるさいので宿に監禁しています』

「穏やかじゃないな」

ぼやきながらも徹底的に反抗する気で寝そべると、沈黙の衛兵はやおら最後の紙をめくって何やらすらすらと書きつけた。

『実はバッタートの王子に絡まれて困って』

「──早く言え」

筆が止まるより早く、シャムスは部屋を飛び出した。

今宵《こよい》も宴席は賑《にぎ》わっていたが、ラージャを発見するまでにさして時間を要さなかったのは、彼女が客らの中で際立《きわだ》って美しいからだろうか、それともシャムスがその姿を探し慣れてしまったからだろうか。

バジの王女は背の高い銀杯を片手に、会場の壁沿いにぐるりと配置されている赤地のソファにひとり身を沈めていた。

ひとり、だった。彼女の傍にも、周辺にも、それどころか会場のどこにも、あの気色の悪いまだら模様をまとう男は見当たらない。

「……どういうことだ」

シャムスは後をついてきた衛兵の方を振り返る。笑顔で紙を差し出された。

『実はバッタートの王子に絡まれて困っていました。ベナさんが連行してくれましたが』

いつの間にか文字が書き加えられていた。

こめかみの辺りにぴりりと何かが走る。

「おまえ、喧嘩《けんか》を売る気か」

睨《にら》みつければバーリーは思いっきり首を振った。しかしその顔に笑みが浮かんでいるのが悪意がゼロではない証《あかし》だ。これ見よがしについたため息も、何の効果もなかった。彼はシャムスを誘導するように、しきりにラージャの方を指さしてくる。あまりにしつこいので、シャムスも渋々つま先の向きを変えた。

貴賓会ほどではなかったが、会場はがやがやとうるさかった。その中で、確かにバーリーの言う通り、ラージャは注目の的《まと》となっていた。

色付き頭巻《ターバン》の者だけではない、白頭巻姿の中年男性から白髪の老年男性まで、みな彼女を見てはひそかに何かささやいている。女性もいる。その視線も、声も、決して好いものではない。彼女自身もそれに気づき、どうやら少なくない不快感を抱いているようだ。時々周囲を見回しては顔をしかめ、気を鎮《しず》めるようにしきりに杯を傾けている。

（さすがに気付いたか）

シャムスは目を眇《すが》めた。

貴賓会でラージャが敏感に察した周りの反応も、実は今と同じような類《たぐい》のものだった。あの時はシャムスが違う解釈を提供したため気がつかなかったようだが、周りは当時から、彼女のことをそういう目で見ていた。

「……って、余計なことを思い出すな……」

不意にあの時の出来事とともに自分が発した台詞《せりふ》までもがよみがえり、頭を抱えたくなった。

――あなたがおきれいだからでは？

結果的に状況を誤魔化《ごまか》す役には立ったものの、決して計算して捻《ひね》り出したものではなかったあの台詞。思わず髪に指を差し入れぐしゃぐしゃとし、そうしてようやく頭巻《ターバン》をし忘れていた自分に気づき――なんだか疲れて、考えることを放棄《ほうき》した。半ば無理やり、意識を外に向ける。

「……あれは酒だろう？　いける口なのか？」

給仕から新たな銀杯を受け取りぐいぐい飲み進めるラージャを示し、バーリーに問う。彼は、何とも微妙な顔で頰をかいた。その仕草で、とりあえず彼女が酒豪でないことだけは伝わった。酒量が過ぎる前に帰した方がよさそうだ。

「……少なくとも周囲の悪意の本当の意味には気づかせない方がいい」

口の中でひとりごち、シャムスは真っ直ぐに彼女の元へ行った。正面に立たれるまで気づかなかったらしい、ラージャは顔を振り上げシャムスを見ると、なぜか一瞬で涙ぐんだ。

「シャムス、ごめんなさい。ごめんなさい。わたしの軽率《けいそつ》な行動であなたをあんな目に……」

長いまつげがしっとり濡れる。泣き上戸《じょうご》とはまた厄介《やっかい》だと思いながら、「気にすることはない」とひと声かける。すると、今度は朝露を抱いて咲く花のように、彼女は実に可憐《かれん》に微笑《ほほえ》んで見せた。本当に厄介である。

「あの、まだ調査の途中のようですけど、あのへび使い、毎日けっこうな金額を荒稼《あらかせ》ぎしていたようです。お金の流れとか、これから調べるようですけど、わたしたちものすごく大きな仕事をしたんだってマウル王から褒められました！　自分の祝福がこんな風に役に立つの、初めてなんです。すごく嬉しいです！」

さっきまでさめざめと泣いていたのが、今や初めてのお使いに成功したみたいに誇らしげな表情のバジ王女である。

これは早々に引き揚げさせるべきである。シャムスは肩越しに衛兵を見やった。が、つい今そこにいたはずの無言の衛兵は、きれいさっぱり姿を消していた。

「なぜだ」

再びこめかみに何かが走る。

「……あの。シャムス、怒ってるんですか？」

「……いや。周りの視線が痛いだけだ」

してやられながらもとっさに誤魔化《ごまか》せる自分に感服した。とは言っても、口走ったことはあながち嘘でもない。注目の王女に近付いた上に泣かせて笑わせれば目立って当然、周囲の視線がグサグサ刺さる。

恐らく彼女と自分では感じるものが違うはずだが、ラージャも周囲を見回し大きく頷《うなず》いた。

「わたしも嫌な気持ちだったんです。じろじろ見られて、ひそひそ言われて」

憂《う》さを晴らすようにぐーっと杯を傾け、それを空《から》にし、ラージャは援軍を得たかのように勇ましくその場に立ちあがった。その双眸《そうぼう》は会場を広く見渡し、形のいい唇が一度深呼吸をする。

予測はできた。バーリーが危惧《きぐ》した『爆発』が、起ころうとしているのだろうと。

「みなさん！　言いたいことがあるならはっきり――むぐっ」

一拍出遅れたが、シャムスは背後から手を伸ばしてラージャの口を封じた。

顎《あご》を反らしたラージャが、たちまち大きな瞳を尖り目に変える。まともに見ていては自分の方があっさり膝を屈してしまいそうで、シャムスはそろりと視線をよそにした。

「静かに。大声を出すと前回の二の舞になる」

抱えこむように口を封じたまま、宴席から避難する。きっと何かしら反論を並べているのだろう、ラージャがシャムスの手の下でむうむうと形にならない訴えをくり返す。シャムスは彼女を引きずったまま説明した。

「前の貴賓会ではあなたが大声を出すまで誰も悩殺されなかった。バーリーにも効かない。あのへび使いと似ている。あなたの祝福が発動するのは、あなたの声を聞かせた時ではないのか」

星がまたたく静かな庭に出、できる限り優しく諭《さと》したのに、この王女は再び首を上向けてふさがれたままの口でもごもごと何か訴えた。なぜだろうか、にらんでいたはずの目がまたも潤み始めている。思わず手を放すと、くるりと身を返したラージャが、胸倉を摑《つか》む——というか、握ってきた。そして額にかかる頭衣《ベール》の下からいろんな意味で脅威《きょうい》的な視線を差し向けてきて、

「なんで、そんなこと分かるんですかぁ」

——舌足らずで絡んできた。

「……たった今懇切丁寧《こんせつていねい》に説明したつもりだが聞こえなかったか」

猛烈なめまいを感じながら辛抱《しんぼう》して言い返すと、ラージャはとろんとした目をしながら口だけはしっかりと、

「聞きましたよ、理解しましたよ、納得しましたよ、でも分からないですよ」

「どっちなんだ」

「分かんないです」

「……何が」

ため息が口をつくと、ラージャは手を放してしゅんとした。目線も地まで落ちている。

「……なんでわたしにも分からなかったことが分かっちゃうんですかぁ……？」

「傍目《はため》で見ている方が気づきやすいこともある」

「じゃあなんでそんなに見てるんですっ」

すかさず返され言葉に詰まる。

「わたしのこと嫌いなくせにぃ」

加えられたら頭痛がした。シャムスの馬鹿ぁ、と不本意極まりない暴言を浴びせられながら痛くもないこぶしで胸を滅多《めった》打ちにされ、勘弁してくれ、と泣きたくなるほど思う。

「落ち着け、ラージャ」

もはやたちの悪い酔っ払いでしかない王女を池のふちにゆっくりと座らせ、水を手配させようと辺りを見回す。いつの間に戻ってきたのか少し先にバーリーがいた。しかし、気が利《き》いているのかいないのか、当の衛兵はこちらに背を向け回廊《かいろう》に立っている。彼相手では呼んでも無駄、ラージャを置いていけばそのまま池にひっくり返りかねない。結局、シャムスには彼女の隣で酔いがさめるのを待つ以外の選択肢《し》が残されていなかった。ため息が出る。

「……またため息ついた」

唇をツンと尖らせ、やっぱり嫌いなんだ……と、ラージャが頭衣《ベール》の端をいじくる。

シャムスは極力視線も意識も彼女から遠ざけ、岩を背負っているイメージで言葉を返した。

「……私があなたを嫌いだと？　誰が言った、そんなこと」

一瞬口をつぐむバジの悩殺王女。それなりに思考能力を残しているらしい、しばらく黙考した彼女は叱られたみたいに小さくなって、

「……誰も言ってないです……」

「そうだろうな。私も言った覚えがない」

「でも、昨日あなたが急に冷たくなりました。あなたの祝福が逆に働いたんですきっと」

力のこもった訴えが耳を打ち、シャムスは思わず逃がした視線を戻していた。酔っている割には真面目《まじめ》な表情がそこにある。

「……言っておくが私にかかる祝福が逆に働いたことはない」

え……と、ラージャが一瞬正気に戻ったように大きな瞳をまたたかせた。

「私が持つ祝福は『好きな人に好かれない』とルキスは言ったが、あれは必ずしも正しくない。私が言動で好意を示せばたちどころに相手に心を背けられる、それが正確な祝福の効果だ。よって逆に働くなどありえないし、そもそも祝福が逆に働くことがなぜ私に嫌われるという結論

に至るのかも理解に苦しむ。……どういうことだ？」

「へっ……あ、あああ、ダメです！　深く考えてはダメ！　忘れて下さい！」

なぜか全力で顔面に手のひらを押し付けられて、惑乱するラージャを上回る勢いでシャムスも困惑した。なにせ軽く膝に乗られているのだ、見えない何かが怒濤《どとう》の勢いで冷静さを食い荒らしていく気がする。

「ラージャ落ち着け。忘れる、あなたの存在ごと忘れるからひとまず離れろ」

両手をひとまとめにして押さえこむと、酒乱の王女がぴたりと止まった。

「……わたしの、存在ごと忘れる……？」

「ああ。ルキスに聞いたのだろう、祝福を解く方法を。もう私に用はないはずだ」

言葉で、身体で突き放し、トドメとばかりに顔を背ける。相手がしらふであれば置き去りにするところだったがそれもかなわず、ラージャの方が怒るなり泣くなり失望するなりして行ってくれることを期待した。が、

「嫌です、忘れないでください！」

この王女は池に突き落としかねない勢いでしがみついてきた。一応足は踏みとどまって着水の事態は免れたが、心も踏ん張れたかと言えばそうではない。

理性を持って諭《さと》そうとしても思い通りにいかず、冷たくあしらおうとしてまた失敗である、そろそろいろいろと我慢するのをやめたくなる。

「……頼むから誘惑しないでくれるか」

傍《かたわ》らにラージャをくっつけたまま、シャムスは心の声をそのまま口に出した。

いっとき考えるような間が空いて、悩殺王女はけろりと言う。

「わたし誘惑なんてしてません」

「自覚がないだけだろう」

「誘惑してない自覚はありますっ」

「……自信満々に大嘘をつかれるとさすがに少々むっとするのだが」

黙ってそこにいるだけで目を奪われると言うのに四日も五日も腕を絡めて付きまとい、こちらがどれほど態度を悪くしてもやっぱり笑いかけてくる。そして心にじかに触れてくる。まとめると誘惑でしかないのだが、それら諸事をやってのけた張本人《ちょうほんにん》はやっぱり自信満々に言ってのける。

「嘘なんて言ってません」

「ああそうか。では身をもって知るんだな」

ついに耐え忍ぶことを放棄し、シャムスはラージャの腕を引いてその唇を奪った。

ルキスがそのかすからだ――バーリーが長居させたからだ――などと他人のせいにしてみるが、分かっている、誘惑に負けたのだ。

しかし衝動的、一方的な口づけに甘美な喜びなどあろうはずもなく、すぐに後ろめたさに突き動かされて解放した。

「ルキスに祝福を解く方法を聞いたのだろう。コレもひとつの方法だ。一時的なものではあるが、しばらくの間は私が何をしようが何を言おうがあなたに嫌われることはないはずだ」

完全に言い訳としてそう述べる。ただし元々嫌われていたら祝福もへったくれもない。

シャムスは平静を装ってちらりと様子をうかがった。

ラージャは、硬直していた。まばたきすらしていなかった。そのうち風に舞った砂が目に入って痛むだろう。案《あん》の定《じょう》、彼女は時もたたずに顔を覆《おお》っておろおろし始めたが、観察しているとどうやら砂のせいではないようだった。

「い、今の何です？　あ、あらぬところに、未知の感触が……」

どんな男も一瞬でかしずかせるくせ、ラージャはそんなことを言って手を頬《ほお》に、頬から鼻にとひどくうろたえた。何なのだろうか、この反応は。

あっけにとられているうちに、ふと思う。

「……まさか初めてとか」

「あああ、当たり前です！」

全力で肯定されて頭の中がなぜか白くなった。

目の前で右に左に忙しく首を動かしているバジの王女。見目は麗《うるわ》しく、人柄は朗《ほが》らかで、たとえ祝福をのぞいたとしても誰からも放っておかれないであろうにその回答とは、まったく訳が分からない。

しかしある瞬間「まあいいか」とシャムスは思った。いやむしろそれでいいと。

さっきまで身体《からだ》のどこかにあったはずの罪悪感がどこかへか消え失せ、代わりに妙な満足感がつき上がってきた。こらえきれず、喉《のど》で笑う。

「な、何かおかしいですか」

「ああ、おかしいな。おかしすぎて愉快な気分だ」

手の平で顎《あご》を覆う。そうでもしないとみっともなく口がゆるむ様を晒《さら》してしまいそうだ。

ラージャが、そんなシャムスのことを軽く唇を開けて見ていた。

「……シャムスが笑ったところ、初めて見ました」

「そうだろう、人前で笑うのは久しぶりだ」

気の済むまで笑って、ふうっと息をつく。

「先ほど言った通り、私は通常人に好意を示せば即座に嫌われる定めにある。だから必要最低限の返事しかしたくない。できる限り離れていたい。誘惑などされたくない。——発作《ほっさ》的に手を出して後悔することだけは、したくない」

「だから、いつも素っ気ない……？」

「一応精いっぱいの自衛のつもりだ。気に障《さわ》ったのなら素直に詫《わ》びるが、仕方ないこととして受け入れていただけると幸いなのだが」

「もちろん受け入れます。難儀《なんぎ》な祝福を抱えているのは同じですから」

言葉を行動で示すがごとく、ラージャは両手を広げた。それも誘惑と都合よく判断して、シャムスは華奢《きやしや》な身体を懐《ふところ》に抱きこむ。

「え、あの、シャムス」

ラージャははっきりと戸惑いを示したが、逃げ出すことはしなかった。

頭衣《ベール》の下でうねる髪から、バラの香りがのぼる。その香りを広げようと髪をすくってみるが、ラージャは怒らなかった。頬にかかった髪をよけてやっても、その手を振り払ったりしない。いくら見つめても少しも険しい顔をしないし、腕に力をこめても罵《ののし》ったりはしなかった。

今のラージャにはシャムスの祝福が効いていない。

改めて実感すると、不意に泣きたくなった。

何も考えずにこの人にすがっていたい。

そうしたら、どれだけ幸せだろうか。

「どうしたんですか、シャムス。なんだか痛そうな顔してませんか？　あっ、まさか咬《か》み傷が」

「……いや。何の気兼ねなく本音が言えた頃を思い出してしまっただけだ。祝福をかけられる前に戻りたいなどと、不覚にも思ってしまった」

「ええっ、ダメです！」

「ダメ？」

「ダメ。だって、過去に戻ってしまうとわたしたち出会えないかもしれないでしょう？　だからダメです。時間を戻さなくても、祝福は解くことはできるんですから」

「また誘惑する気かあなたは」

呆《あき》れながらいつかのように思いきり頭衣《ベール》を前に引き下げると、ラージャの耳元がきらりと光った。耳飾りだ。貴賓会《きひんかい》の時にもつけていた、赤いルビーの光る飾り。

その輝きに目を射られた時、シャムスの心身が急速に熱を失っていった。

「もう、シャムスひどいです」

頭衣をくしゃくしゃにされたラージャが笑いながら拗《す》ね——しかし、目が合うなりハッとする。シャムスに起こった微細な変化を、敏感に感じ取ったらしい。

シャムスは視線を逸《そ》らし、彼女の肩をやんわりと遠ざけた。

「申し訳ない、ラージャ王女。少し調子に乗りすぎたようだ」

「え？　あの、わたし言うほど怒ってないですよ？」

「あなたはそれでよくてもこちらはそうはいかない」

「……？　よく意味が分かりません。急にどうしたんです？　顔がまた、強《こわ》ばってます」

そうっと伸ばされた指先を、拒否するように鼻先を背ける。たいていいつも明るい表情に彩《いろど》られている王女の面容が、悲しげに歪むのを目の端に見た。

シャムスはできる限り感情を殺し、酷薄《こくはく》に聞こえるよう声を絞《しぼ》った。

「私には成すべきことがある。他の何をおいても成すべきことが」

「成すべきこと？　へび使い、見つけたじゃありませんか。他にも何かあるんですか？」

「説明しても無駄なことだ。あなたは今見聞きしたことをすべて忘れる」

「え……？」

シャムスはすべてに目を背けるようにラージャを放し、池からも離れた。そうして星屑《ほしくず》の散る空を見上げ、ルキス＝ラキスの名を呼ぶ。

「ルキス、来い」

「はーい」

タクタルの魔精《ジン》は、すぐに黒木馬に乗って音もなく降りてきた。いつになく登場が静かだ。何かしら察するものでもあったのだろうか。

シャムスは一度ゆっくりと息を継ぎ、魔精に願った。

「ルキス。この席での彼女の記憶を消してくれ」

背後でラージャが息を詰めたのが分かった。

「――シャムス、何の冗談ですか？　どうしてそんなこと」

「ルキス」

腕に取りつくラージャを無視して魔精をけしかける。

ルキス＝ラキスは「はーい」の返事の後、ためらいもせずにラージャの額に手を伸ばした。

「嘘でしょう？　いや、やめてルキス」

「やめなーい」

明るく拒否した魔精の指先が、逃げるラージャの額を軽くつついた。途端、彼女が足元から崩れ、シャムスは華奢な身体を抱きとめる。瞬間的に匂い立つ、バラ水の香り。さっきまで心地よかったはずのその香りが、今や胸を重くする。

「シャムス、もどかしいのね？　すっごくオイシイ」

ささやいたルキス＝ラキスが、黒馬とともにふわりと天へ舞い上がった。


「——時間をかけて見極めた結果がこれだったのかい？」

闇の中から声がした。

かつて自分を失望の底から引き上げ、以後、兄弟のように愛してくれている、この砂漠で最も尊《とうと》い人の声。

「長らく言葉を封殺されてきたキミがようやく本音をさらせる相手を見つけた——そう思って喜んでいたんだが、私の見当違いだったか？」

姿を見せた砂漠の覇者《はしゃ》。彼はめずらしく一切の表情を消し、シャムスの前へと近づいてくる。

どうやらすべて聞かれていたらしい。人が悪い。だが、そうと訴えるだけの気力もなく、シヤムスは黙って目を伏せる。

「相変わらず人に嫌われるのが怖いのかい？」

王の指先が、シャムスの腕の中で眠る美貌《びぼう》の王女の髪に触れる。

「……怖いですよ」

こんな時だけするりと本音がこぼれ出た。そんなシャムスを、馬鹿だね、と王は笑う。

「彼女はキミに背を向けたかい？　祝福の効果を打ち消し合ったまっさらな状態で――彼女はキミを拒絶した？　キミを、疎《うと》んじた？」

「……いえ」

彼女は何も拒《こば》まなかった。反対に、受け入れると言ってくれた。そしてその言葉を証明するように、両手を広げて微笑《ほほえ》んだ。――それなのに。

「どうしてキミの方が素直に受け入れられない？」

――どうして。至極《しごく》真っ当な問いかけだった。シャムスもそう思う。

自分だって、誰かに受け入れられることを望んでいた。そしてこの王女はどんなに邪険にしてもやっぱり傍に戻ってきから――期待していた、調子が狂うくらい。

ただ一方で、どうあっても忘れることができないことがある。

二年前――タクタルの空を勢いよく駆け去った、ふた筋の彗星《すいせい》。

まぶたの裏にこびりついたあの輝きが、折に触れてシャムスに思い出させるのだ。

タクタルを追い詰めた要因が何であったか。

「……手掛かりとやらが関係あるのかい？」

不意に王がつぶやいた。低い声。それが紡《つむ》ぎ出された彼の口元には、薄い笑みが漂っている。

ぞっとする。どこで聞きつけてきたのか。いつからそれを知っていたのか。ラージャがタクタル救国の鍵《かぎ》であること——彼は、いつから知っていたのか。

目を瞠《みは》るばかりのシャムスに、マウルが音も立てずに近づいてくる。

「キミから言い出すのを待っていたんだけどね」

一度伏せられた、彼の目。

「もう待てないよ。ラージャ王女のためにも。キミのためにも」

次いで差し向けられる視線は、真っ直ぐで、痛い。

「——キミは何を隠してる」

問いかけが、夜陰に重く響き渡る。

どうやら腹をくくる時が来たようだ。

シャムスは贖罪《しょくざい》のように一度ラージャを抱きしめた。

恐らくもう、この王女に微笑みを向けられることはない。

五章　彗星の行方、消える足跡

その美貌《びぼう》のおもてを目にした時、最初に抱いたのは激情だった。

怒り、恨み、憎悪すらも混ぜ込んで燃え上がった——激烈な、感情。

●・・・○・・・●

ラージャがなんとなく億劫《おっくう》なものを感じながらまぶたを開いたとき、真っ先に視界に飛びこんできたのはいわくつきの三人の供だった。

「王女、ようやくお目覚めですわね」

「気分悪くないか？　頭痛くない？　水、飲むか？」

「……どうしたんです、みんな揃《そろ》って心配そうにして……」

寝台の両端からベナとゼッカルが口々に言うから、ラージャは軽く混乱した。気抜けしたように「あのなぁ」としゃがみこみ、ゼッカルが寝台の端で頬杖《ほおづえ》をつく。

「王女がバーリーに抱えられて帰ってくるからだろ。オレ心配すぎてゆうべ寝れなかったし」

「……バーリーに？　抱えられて？」

「なんだ、覚えてないのかよー。慣れない酒なんか飲むからっすよ」

王女、当分酒禁止――と偉そうに命じられて、ラージャは目をぱちくりとした。まったく覚えがないのだが、どうやらゆうべ泥酔《でいすい》して、バーリーに連れて帰ってもらったらしい。

「ごめんなさい、バーリー。わたし、迷惑かけたんですね」

体調的にも深酒した気はしなかったが、ひとまず寡黙《かもく》な衛兵に詫《わ》びを言うと、彼は口を丸く開け、自分を指差し首を左右に振った。ラージャは首を傾《かし》げた。

「違うの？　ゼッカル、どういうことですか？」

「……まぁ正確に言えば抱えてきたのはあいつっすけど？」

ゼッカルが下唇を突き上げて白状した。彼が渋面《じゅうめん》で「あいつ」呼ばわりするとすればひとりしかいない。シャムスだろう。

うわあ、と悲鳴を上げながらラージャは両手で頰を挟みこんだ。一国の王族相手に記憶をなくすほどの醜態《しゅうたい》をさらした上に、宿まで運んでもらったなんて。

王女失格ではないか。

「王女、一応聞くけどあいつに何もされてないっすよね。されてたら即刻あいつ始末するけど」

寝台の端に顎《あご》を埋めてゼッカルが半眼で問いかけてくる。ラージャは慌てて首を振った。

「物騒なこと言わないでください。シャムスが嫌なことをするわけ……」

ない、と断言しかけた時、ふっと、心に黒い影が走った。

なんだろうか、ものすごく暗い印象が残っている。記憶の引き出しが、開かないけど反応している、あの感覚に似ている。なぜこんな風に感じるのか。何がこんな感覚を残したのか。

必死で脳裏《のうり》の引き出しを開けて回る。

「あ……」

不意に思い当たって声を上げた時、ゼッカルが食らいつかんばかりに面前に迫ってきた。

「やっぱ何かされたのか！」

「ち、違います。他のお客さんたちにずっと見られていたんです。何かこそこそと言われていて、それが嫌で。たぶん、前の貴賓会《きひんかい》で騒動を起こしてしまったからでしょうけど……」

口に出したらはっきり思い出した。揶揄《やゆ》するように細められた無数の目。それとなく隠した唇からもれる、聞こえるような、聞こえないようなささやき声。

どれも表向き無害なようで、その実悪意に満ちたものに感じられた。いずれも、不貞《ふてい》王妃の子、魔性の娘としてバジの宮殿で浴びせられてきた、ラージャが大嫌いなものによく似ていた。

（結局、同じことをくり返してる……）

ラージャは母が残した指輪をなでながら、重いため息をついた。

悩殺の正体が分かればもう誰にも迷惑はかけない。そうしたら、誰にも——父にも煙たがられない。それが、駱駝《らくだ》に揺られて旅する間に胸を占《し》めていた、希望にあふれた未来だった。しかし今、魔精《ジン》の祝福の存在を知り、それを退ける方法も知ったのに、何も解決できないままやっぱり同じ悩みにさいなまれている。

いっそあのへび使いのように、祝福を私欲のために利用できるような人間であれば楽だったのかもしれない。——とてもそんな人間になれそうにはないけれど。

ため息とともに、双肩《そうけん》から力が抜けた。すかさずベナが傍《かたわ》らでかがみこんで、

「王女、やはりご気分がすぐれないのでは？」

「いいえ。自分に呆《あき》れているだけです。冷ややかな目にも陰口にも、十分慣れたし我慢も覚えたはずだったのに。結局耐えられなかったんですからね」

「言いたい奴には言わせておけばいいんだって。少なくともオレらは王女の味方だ」

視界に割りこんできたゼッカルが、力強く断言した。ベナが頷《うなず》き、バーリーが黙礼すると、胸にあたたかなものが広がる。たった三人でも、こんな風に想ってくれる人がいて幸せだ。

（……シャムスには、いるのだろうか）

不意にそんなことを思った。

ラージャよりもずっと深刻で、ずっと苦痛に満ちた祝福を背負う彼を、理解する者、見守る者。あるいは痛みを共にする者。いれば生きるのが少しだけ楽になるだろう。

もしもいないのなら——。

「朝食をご用意いたしますわね」

ベナの声が耳を貫き、ラージャは思考の海から浮上した。すぐに部屋を出るベナと、手伝う意思を示して後に続くバーリー。二人を見送り、冷静になると、急激にこそばゆくなった。いったい自分は何を考えていたのか。動揺《どうよう》を誤魔化《ごまか》すように、あたふたと髪を耳に掛け、服の皺《しわ》を伸ばし、今かけた髪を元に戻し、再びかけ——つまり益体《やくたい》もないことを延々やって、ああダメだと逃げるようにゼッカルに問う。

「そう言えば、シャムスの怪我《けが》の具合はどうでした？　大事ありませんでした？　わたし記憶が飛んでいて、ちっとも覚えてないんです」

「別に、ふつうだったっすよ？　相変わらず愛想のないヤな感じで」

けっ、と遠慮《えんりょ》なしに悪態をつくゼッカル。ラージャはもう、と眉根《まゆね》を寄せた。

「ゼッカル、いい加減変な敵意を捨てたらどうです？　へび使いを捕まえた時のあなたとシャムス、けっこう息が合ってたじゃありませんか」

「どこがっ」

唾《つば》を飛ばさんばかりの勢いで言い返し、ゼッカルはやれ「あいつはいつも偉そうだ」だの「人使いが荒い」だのとまくしたてたが、

「……まあ、あいつ命令するだけじゃなくて自分でもあれこれ動いてるけどさ。王族のくせ

に」

最後に口をとんがらせてそんなことを付け加えるから、ラージャは笑った。

「やっぱり悪くない組み合わせです。シャムスもあなたの優秀な耳のことを認めてましたし」

「――って言われてもオレはあいつのこと認めないし！」

急に眉尻《まゆじり》をつり上げて、ゼッカルがわめいた。何を怒っているのか、腕組みして、遠くを睨《にら》みつけている。そうしてしばらくむっつりと黙りこんで、

「なー王女。もうバジに帰ろう」

ある瞬間唐突《とうとつ》に、彼は組んだ腕をほどいて言った。

「……奥さんに会いたくなっちゃったんですか？」

「違う。王女を連れて帰りたいだけ」

一度全力否定して、彼はゆっくりと息を継ぐ。

「悩殺の正体が分かって、それ解く方法も分かったんだ、もうすることないじゃん。帰ろう」

「……え？」

思いがけない申し出に、はっきりと戸惑いが生まれた。

いや、実際は思いがけないことでもない。彼の言う通り目的は果たした。衛兵長も早期の帰国を促していた。ゼッカルの提案は、受け入れてしかるべきものだ。でも――。

「……帰りたくないいんすか」

沈黙を誤解したゼッカルが問うてきた。

「あいつっすか。あいつのせいなんすか。オレは認めないっすよ、たとえあいつの手を借りれば王女の祝福解けるって言っても、オレはぜーったい許さない！」

「許可されても頼めませんあんなこと！」

眼前に迫るゼッカルを、押しのけるように言い返す。

心臓がやかましいほどの音を立てていた。

帰りたくない？　――そう、帰りたくない。

シャムスのせい？　――そう、きっと彼のせい。

「違うの。違うんです。わたし――そう、新しい目的を見つけたんです」

「へ？」

「シャムスは、自分が言葉や行動で好意を示すと嫌われてしまうって言ってました。だったらわたしにも、天然悩殺が起こる何かしらのきっかけがあるはずです。それを見つけるんです。見つけたら、たぶん、祝福を解かなくても誰にも迷惑かけずに済みます」

速まる脈に呼応するように、唇が次々と言葉を紡《つむ》ぎ出す。頭は回らないのに立派な言い訳が立っているから不思議だ。

（でも――あれ？）

砂漠の真夜中の冷気に当てられたように、急に冷静さが戻ってきた。

（わたし、この話いつ聞いたんだっけ……？）

今日、二回目の感覚だ。記憶の引き出しが確かに動いているのに、何も出てこないこの感じ。

まだ熱い両の頰《ほお》を手のひらで包み、とてもリアルな夢を見たような、幻を見たような曖昧《あいまい》な感覚の正体を探っていると、ふーっと、ゼッカルがらしくもなく長いため息をついた。頭巾《ターバン》の端から指をつっこんで、前髪をがしがしとかき乱す。

「……本当は言いたくないけど」

薄い唇を苦々しそうに歪め、彼は切り出した。

「オレ、何回かロールーリの衛兵詰め所に行ったじゃないっすか」

「……？　ええ、行ってましたね」

「そこで……バジの妙な噂《うわさ》、聞いたんすよね」

ふてくされたように彼は説明を加えた。「陰でこそこそ言われてたけど、オレにはちゃんと聞こえてた」と。

「……何です、噂って」

「言わない。王女には聞かせたくないんだ。だから王女の耳に入る前に連れて帰りたい」

ゼッカルが、唇をかみしめ黙った。その様子から、よほどの醜聞《しゅうぶん》と推測できた。

ゆうべの宴席でささやかれていたようなものだろうか。天然悩殺を、極端に印象の悪い言葉で表現するとか……。

「ゼッカル。言ってください。わたしは何を言われても平気ですし……根も葉もない噂なら、バジのためにも放っておくわけにはいきません」

「嫌だ。言わない」

「ゼッカル」

問い詰めても、彼は口を割らなかった。それでもしつこく食い下がると、ゼッカルはひと呼吸の間思いつめたような顔でラージャを見、

「もー、オレいっそ王女さらって逃げたいよ」

腕を伸ばし、ぎゅうと抱きしめてきた。

変、だった。

いつも全力でラージャへの親愛の情を口にする彼だけれど、あくまで彼は既婚の衛兵で、ラージャはその主。他ならぬ彼が、きちんと線を引いていた。なのに、この行動。

「ゼッカル……本当に、どうしたんです？　何があったの……」

ラージャの不安が、いよいよはち切れそうになったとき。

「――不届きな衛兵もいたものだな」

不意に第三者の声が割りこんで、二人して飛び上がった。揃《そろ》って顔を向けた先で見たのは、誰あろう、タクタルの王弟殿下である。

「げっ。あんた。――あ、いや、やんない、やんないぞ王女誘拐《ゆうかい》とか！」

泡食《あわ》ってラージャを放したゼッカルに、つられるようにラージャも慌てた。瞬間的に驚異の機動力を発揮し、ゼッカルを盾にその背に隠れる。寝起きで髪もくしゃくしゃ、顔も洗っていないし服も昨日のままである、とても見せられたものではない。

「お、おはようございます、シャムス。それから、ゆうべ、ご迷惑をおかけしました……」

いろいろな羞恥《しゅうち》がないまぜになって、身体も声も小さくなる。

呆《あき》れた表情はよく見せてくれた彼である。今日最初に見られる表情もそれかと少々残念に思ったラージャだったが、予想に反してシャムスは戸口に佇《たたず》んだまま、極めて事務的に問いかけてきた。

「……お身体の調子は？」

「あ、はい。ちっとも問題ありません。……すみません……」

「ではマウル王より言伝《ことづて》を預かって参りましたのでお伝えします。可能な限り早期に黄金宮殿にお越しいただきたいとのことです。貴賓会《きひんかい》でお召しだった衣装で」

「——え？」

ラージャはきょとんとした。急なお召しも、服装の指定も、シャムスの調子がいつもと違うことも、全部が突飛《とっぴ》過ぎた。

「あの、シャムス……」

「下に馬車を用意しています。私はそこでお待ちしますのでお急ぎを」

質問など端《はな》から聞く気がないように、シャムスは足早に部屋を辞した。

残されたラージャはゼッカルと顔を見合わせる。

「……どうしちゃったんでしょう、シャムス……」

「……愛想がねーのはいつものことっすけど……なんか気持ち悪いっすね」

少しの間そうしてあっけにとられていたが、途中でシャムスと会ったのだろうか、ベナが飛んで戻ってきたらそれどころではなくなった。

「王女、急いでお支度《したく》を！　ゼッカル何してるんですか、あなたはさっさと出て行くんです！」

有能な侍女《じじょ》の勢いに、「は、はい！」と急いで従う二人であった。

●・・・〇・・・●

晴れ渡った空に、黄金宮殿の丸屋根がくっきりと浮かび上がって見えた。

言われたとおり目にもあざやかな赤衣装をまとい、それに合わせた宝飾品で随所《ずいしょ》を飾り、背筋をぴんと伸ばしてラージャはタイル装飾の美しい回廊《かいろう》を歩いた。

先を行くシャムスは口を開かず、気高い大鷲《おおわし》のようにただ真っ直ぐに前を向いている。

迎えに来た時はやたら礼儀《れいぎ》正しい物言いで戸惑わせたが、今に至っては「ひと言返事」にも及ばないまったくの無言状態で、それはそれでおおいにラージャを戸惑わせる。黄金宮殿訪問の際には必ず付き添い、慣れているはずのバーリーも、今回ばかりは行くと言ってきかなかったゼッカルも、どこか緊張したように口を引き結んでいる。

落ち着かない想いで導かれた先は、貴賓会会場よりいくらか狭い部屋だった。ただ、中央に据えられた香炉《こうろ》といい、壁沿いにぐるりと配されたソファといい、凛々《りり》しい立ち姿をさらすいくつものランプといい——何もかもが高級品であることに変わりはない。

そこでラージャは、ロールーリ王と、見知らぬ人々の出迎えを受けた。

「やあ、ラージャ王女」

部屋の奥、いかにもやわらかそうな椅子《いす》の上から、ロールーリ王は先日と変わらぬ気安い口調で挨拶《あいさつ》した。彼は笑っていた。だが、他の人々には彼の十分の一のにこやかさもない。彼らに混ざったシャムスもしかりだ。

なんだろう。表向き愛想よく微笑しながら、しきりに目を動かし状況を把握《はあく》しようと試みる。集まっているのは中壮年が多いようだ。女性はいない。砂漠の覇者《はしゃ》に近付くことを許されていることと、身にまとう衣服の造形や身体を飾る金銀宝珠のきらめき、風格から、みなどこかの王族らしいことが推測できる。しかし、そんな彼らが差し向けてくる粘ついた視線や、物いたげに歪んだ唇については巧く解釈ができない。

霧が漂うような、漠然《ばくぜん》とした不安が胸を襲う。すがるようにシャムスを見るも視線は素通りし、ラージャはひとまず疑問を丸ごと投げ出し、この場の主、ロールーリ王の前で礼をとることにした。従者ともども身を低くする。

「バジ王女ラージャ、参りました。みなさまお揃《そろ》いで、どのような御用向きでしょうか。昨夜もまた、わたしはあってはならぬ騒動を起こしたのでしょうか」

「ゆうべ？　何かあったの？」

　マウル王が、妙ににこやかにシャムスに問いかけた。「いえ」と言葉短く否定されたから、別に泥酔《でいすい》して何かやらかした訳ではないようだ。しかしそうなると、ますます状況が分からない。いい話でないことは場の雰囲気《ふんいき》で嫌になるほど分かったから、なおさらだ。

「キミを呼んだのは他でもないよ、ラージャ王女。少しキミに事情を聞きたいんだ」

「はい……何の事情でしょうか」

「うん――バジでの詐取《さしゅ》事件について」

　マウル王が肘かけに腕を預けて言った途端、「王女。聞くな」と、突然、後方からゼッカルが腕を引いてきた。らしくもない彼の真面目《まじめ》な表情は、今朝見たものと同じだった。

　彼が聞いたという噂《うわさ》はこれなのかもしれない。ラージャは直感し、ゼッカルを制してマウル王にアーモンドの双眸《そうぼう》を向けた。

「……詐取事件、とはどういうことですか」

「おや、とぼけるのか。すっかり有名な話なんだけどな。バジの王女に見惚れているといつの間にか金品を巻き上げられている——っていう話」

ハッと、喉《のど》に息が張りついた。

あり得ない、と思うけれど、あまりに唐突《とうとつ》なことで上手《うま》く言葉が出ない。

そんな主に代わって反論したのは、ゼッカルだ。

「そんなもんデタラメだ！　うちの王女がンなことやるか！」

「——どうだか」

マウル王の周囲に侍《はべ》る者たちが、見下すような視線を向けてくる。

「男を惑わす自覚がありながら表に出てくる王女だからな」

「だいたい王女がなぜキャラバンの相手などする？」

「しかも従者はいわくつきで」

「ああ、前科ものもいるとか言う……」

悪意で塗り固められた言葉をつきつけられて、ゼッカルが口をつぐんだ。

ラージャらに容赦《ようしゃ》ない嫌悪の視線が注がれる。ロールーリに来てから感じていた、気持ちの悪い視線、ささやき。まさに、今浴びせられるそれは同質のものだった。

やけに見られていると感じたのは、どうやらこの件のせいだったらしい。

納得したが、到底受け入れられない状況だ。ラージャは毅然《きぜん》として前に進み出た。

「事実無根です。何か他の噂と混同なさっているのではありませんか」

「そうであればと思うけどね。事実ここにいる王たちの国では、自国のキャラバンが被害に遭《あ》ったり、取り寄せる途中の品がバジでかすめ取られている。金銀宝石はもちろんのことだけど、質のいい絹地に東方の青い器《うつわ》、北方原産の白い馬……と、被害品は数え切れないほどだ」

「……ですがバジにはそのような被害の報告はありません」

「そりゃそうだよ。ものは盗まれた訳でも、脅し取られた訳でもない。被害の届けなど出しようがない」

だったらそもそも事件ではないではないか――と思った時、どきり、と心臓が嫌な音をたてた。マウル王の言うことは、一見ちぐはぐなようだがそうでないと、今のラージャには分かる。

見透かしたように、砂漠の覇者はにやりと笑った。

「そう、あのへび使いの件と同じ現象だ。キミは――悩殺した男たちをうまく言いくるめて横流しさせたんだろう?」

低い声が胸に刺さった。

目の前が白くなる。

悩殺それ自体を「はしたない」と非難されることは多かったけれど、こんな責められ方をするのは初めてだ。怒りなのか、屈辱なのか、それとも両方がそうさせるのか。臓腑《ぞうふ》があぶられるような心地がする。言葉も出ない。

代わりに、ゼッカルが立ちあがって反論した。

「あのな！　疑うんならまずバジの宮殿を探ってみろ！　青い磁器《じき》も白い馬も、どこにもありはしねーから！」

衛兵としてあるまじき態度に、各国の王族たちが眉をひそめた。しかしマウルは涼しい顔で、

「どうせどこかに流しているんだろ？　その流れが知りたくてキミたちを呼んだんだよ」

「知るかそんなもん！　だいたい、王女は好き好んで悩殺してるわけじゃない！」

「嫌々やってる演技だろ？　うまいよね」

「――くっそ、どこまで侮辱する気だよ！　絶対許さねー！」

「ゼッカル！」

マウル王に摑《つか》みかからんとしたゼッカルに、すかさずロールーリの衛兵たちが飛びかかった。

あっという間に床に押さえこまれた彼を、マウル王が半眼で見下ろす。

「とりあえず彼から尋問しようか。元スリの常習犯なんだろ？　叩けばいろいろでてきそうだ」

「待って下さい、ゼッカルは更生しています！　ご無礼はお詫《わ》びしますから、きちんと事実を確認してから――」

「事実はそこにあるよ、ラージャ王女。――そうだよね、シャムス」

遮《さえぎ》るように、マウル王が顔を横にした。そこに控えているのは一貫して沈黙を貫いていたタクタル王弟である。

彼はうんともすんとも言わないまま、ただラージャを見ていたから、ラージャの方から大きく足を踏み出し、彼に近づいた。

「シャムス。あなたにも何か被害が？」

勇気を持って見つめた鉄色の瞳は、真っ直ぐにラージャを見返してきた。出会ったばかりの頃を思い出すような、寸分も動かない表情。一度、まぶたが伏せられた。

「……先にも言ったとおり、ルキスは他の魔精《ジン》との争いに敗れて力を奪われた」

「ええ、それが？」

「力は石に封じられて遠くへ飛ばされ、ルキスとともにその気配を追ううち、商人の手に渡っていたことが分かった。名のあるキャラバンのひとりだ。すぐにタクタル王家が買いとるように話をつけ、商談のためにタクタルへ招いたが——その輸送中にバジで行方《ゆくえ》が知れなくなった。その石だけが、見事に」

「……それが、わたしの仕業だと……？」

感情は抑えたつもりだったが声が震えた。

さして知らない相手に疑われるのは、胸が焼けるほど悔しくても我慢が出来た。だが、もう何日も行動を共にした相手に少しも信頼されていないのは、正直、こたえた。

何ら装うことなく付き合ってきたのだ、悩殺が効かない彼だからこそ。

不意に涙がこぼれそうになって顔を背けると、シャムスの手が静かに追いかけてきた。乾いた感触のする指先が、顔の輪郭《りんかく》をなでるようにのぼってくる。こんなときなのに胸が甘くうずくのを感じて、ラージャは、シャムスの意図をはかるべく彼の指先と顔とを交互に見た。

鉄で形成したように一切動かない表情。ゆっくりと頬をなでる親指。目的が見えないまま、他の四指は頭衣《ベール》と髪の下にすべりこむ。

軽く顎《あご》を上向けられ、漆黒《しっこく》の瞳と斜めに視線を交わす。何か脳裏《のうり》を刺激するものを感じたが、その正体に気がつくより先に、彼の親指がこめかみに至り、そのまま真っ直ぐ耳朶に下った。

「……これだ」

シャムスがつぶやいた。彼の目と指先は、ラージャの耳飾りに関心を向けていた。言いつけどおりに選んできた、貴賓会でもつけていたもの。赤いルビーが下がる逸品。シャムスはそれをいとしむように撫《な》で、言うのだ。

「ルキスの力を封じ――バジで行方知れずになった石だ」

ラージャは大きく目を見開いた。

付随《ふずい》するように開いた口が、知らず開いたり閉まったりする。

心臓が激しく脈を打ち、唇の先さえ震えていた。

「……うそ、うそです。これは――」

正しく購入したものだ、と、やっと声を絞り出して説明しようとしたが、みなまで言えなかった。当然だ、衣装も装身具も食べる物も、王女は何ひとつ自分で購うことがない。いつ、どこで、誰を通じて購入したかなんて、ラージャは知りもしないのだ。

「失礼する」

タクタル王弟の手によって、左右の順で耳の飾りが外された。

「ルキス」

呼べば、タイルが彩る高い天井からタクタルの魔精が降って湧く。

今日も木馬に横乗りしている彼女は、脚を揺らしながらシャムスの傍に寄り、

「あったの？」

「ああ。これだろう？」

「そうそう！　間違いないわ！」

頷いたルキス＝ラキスは、二つの赤石をいっぺんに鷲掴《わしづか》みにした。

途端、石がほのかに光を抱く。彼女が親指でぴんと弾くと、それらは光の尾を引いて宙に舞いあがった。二年前、たまたま仰《あお》いだ夜空に見た――あの赤い彗星《すいせい》のように。

（……あれは、ルキスの力が奪われた瞬間だったの……？）

「悪いけど返してもらうわねっ」

愕然《がくぜん》とするラージャの前で、ルキス＝ラキスは二つのルビーを金具ごと口に放り込んだ。

直後、彼女の双眸《そうぼう》が猫のそれのように見開かれ、その顔にどこか禍々《まがまが》しい半笑いが浮かぶ。

「あはっ、何かみなぎってくる。いいわ。いいわよぉ。よし、ちょっとお試し――えいっ！」

何かを確かめるように握ったり開いたりしていた彼女の手が、やにわに宙に半円を描いた。途端、窓の向こうで大量の水が降った。もちろん、この晴天に急な雨などありえない。魔精の力だ。水を生み出す、人外の力。

「やったわ、完全復活！　これでタクタルも潤うわ！」

ルキス＝ラキスがシャムスに飛びついて喜んだ。そして彼女の全力の抱擁《ほうよう》を受けるシャムスの顔には、ラージャに向けられたことのない表情がある。内からにじみ出るような、微笑《ほほえ》みが。

「……そんな……」

ラージャは、支えを失ったようにその場に座りこんだ。

すぐさまバーリーが飛んできて手を添えたが、立ち上がることはできなかった。

「どうやら本来の持ち主が誰であるか、証明されたみたいだね。シャムスがいてくれてよかったよ。彼が探していたそれがキミの嫌疑を立証するための唯一の物だから。――もっとも、シャムスももっと早い段階で報告を上げるべきだったんだろうけど」

「……申し訳ございません」

「別にいいよ。キミは悩殺王女に惑わされただけだろ」

マウル王が口端を上げて言うのにひどく傷ついた思いをして、ラージャはいっとき黙ってまつげを伏せた。混乱して、何も考えられない。それでも何か考えようと努力した。何か。

深く息を吐く。速まる鼓動を意識して聞き、動揺《どうよう》も、怒りも、悲哀すらも呑《の》み下した。

大げさに、まぶたを上げる。

「マウル王。太陽神に誓って申し上げます。お疑いの一件、わたしには何ら覚えがありません」

「まだ言うかい。誰かがキミの祝福を悪用しているとでも？」

「可能性はあります。ですがもしそうであったとしても、付け入る隙を与えたわたしにも責任があります」

「ふむ、殊勝《しゅしょう》だね。嫌いじゃないよ、そういう考え方。で、キミはどうやって責任取るの？」

「――時間をください」

ラージャは真っ直ぐに訴えた。

「これだけ被害者がいるのなら、詐取《さしゅ》事件が起こっていることは確かです。誰が、どうやって、どこへ持ちだしたのか――わたしがこの手で明らかにします」

「……逃げない？」

「逃げません。バジ王女の名にかけて」

真摯《しんし》な思いをじかに届けるかのように、一心に見つめる。

マウル王は、笑みをたたえて顎をなでた。

「ま、逃げたら逃げたでキミの父上にでも責任取ってもらえばいいし――いいよ、猶予《ゆうよ》をあげる。彼も、一応返そうか」

「……ありがとうございます。失礼します」

解放されたゼッカルを傍に引き寄せ、バーリーを傍に置き、ラージャはマウル王の前で深々と頭を下げた。

ざわつく部屋を出る間際、シャムスの前でいったん足を止めて彼を見る。

「……最初から、わたしを疑っていたんですか」

ついぞ自分に笑いかけることがなかった彼は、やはり厳しい表情のまま「ああ」と頷いた。

「まさか荷を検《あらた》めることなどできないから、あなたが表に出すのを待っていた。あいにく貴賓会の場ではルキスが不在で確認はできなかったが。ルキスは常にあなたの傍に石の気配を察していた。バジに滞在している間も、その出立《しゅったつ》の時も」

「……そう、ですか。全部、石のためですか」

唇を、切れそうなほどにかみしめた。

石を奪われたくないから賊《ぞく》を退けてくれた。石を身につけさせるために華美に装う貴賓会にも同伴し――以後の数日も、嫌がりながらも会ってくれた。

ラージャが彼に対する想いを積み上げていったそれらすべての出来事が、彼にとっては石のためでしかなかった。

こみ上げてくるものを一度呑み下し、ラージャはシャムスにも深々と頭を下げた。

「……ご迷惑をおかけしました」

急いで身を返した時、我慢していた涙がついに堰《せき》を越えて頬を流れた。からい涙だった。

●・・・○・・・●

ラージャはすべてを急いだ。宿へ帰る足も、ベナや衛兵長に事情を話す口調も、急げば急いだだけ、心に巣くう暗い感情を置き去りにできるような気がした。

「まず父さまに報告します。ベナ、文の支度《したく》を」

「お父上にお知らせになるのですか。そんなことをなさっては王女のバジでの立場がさらに」

――構いません、と、かぶせるようにラージャは言った。

「水面下で片づけて万々歳《ばんばんざい》なんて、そんな問題ではないんです。書き終わるまで誰も部屋に入れないでください。あなたたちも……全員出て行って」

「王女、犯人探しならオレらも一緒にやる！　絶対に潔白証明してやる！」

宮殿を出るときから頭に血が昇りっぱなしのゼッカルが、真っ直ぐ手を伸ばして名乗り出た。

「いえ。この件はわたしが責任を持って対処します。誰の言葉も聞きません」

「でも――」

「ゼッカル。王女はみなを平等にお疑いなんですわ」

ベナが声を潜めて言った。ゼッカルが傷ついたような顔をしてラージャを見たが、決して誤《ご》魔化《まか》すような言葉はかけられなかった。

あれほどの数の被害が出ていて、シャムスはラージャの持ち物の中に被害品を見つけた。詐取事件自体が言いがかりなどではないことは確実である。加えてバジで起こっている事件なのだから、バジの人間がみな疑わしい。

だが貴金属にしろ珍品にしろ正常な判断が働く人間ならばそうたやすく手放す訳もない。ラージャの悩殺が効いている間に差し出すよう仕向けられた、その推測も間違いではないだろう。ラージャがキャラバンに接触し、未婚男性となると、自然と疑わしい人間も限られてくる。ラージャがキャラバンに接触し、未婚男性の調子を狂わせているときにいつも一緒にいるのは、いわくつきと言われる三人だけだから。

「王女。オレ違うぞ。オレは真っ当な人間になるって王女に誓った、それ破ってないからな」

「話はあとでゆっくり聞きます。しばらくひとりにして」

「王女——」

「ひとりにして」

反論など端《はな》から聞かず、ラージャはみなを部屋から追い出した。

閉じた扉に背を持たせ、そのままずるずると座りこむ。

「どうしてこんなことに……」

再びこみ上げてくるものがあって、顔を覆《おお》った。

それだけでも忌《い》まわしかった天然悩殺の祝福に、まさかこんな風に首を絞《し》められるとは思わなかった。しかも個人の名誉の問題だけではない。国の名をも汚す大問題だ。

父が知ったら、またひどく失望することだろう。

(せめて自分の手で解決して帰らないと。——でも)

使命を果たすためには誰かを疑わねばならない。

前科者のゼッカル。言語に不自由のあるバーリー。異国生まれのベナ。

いつもの面々を順に頭に思い浮かべる。

ゼッカルは、泣きだしそうに見えた。

聞こえなくてもちゃんと状況を理解していたらしいバーリーは、顔色を失くしていた。

素顔を隠したベナも、眉目《びもく》に沈痛なものが見て取れた。

(……疑われるのも嫌だけど、疑うのも嫌だ……)

ラージャは両膝を抱えてぎゅうっとした。

シャムスも少しはこんな想いをしてくれただろうか。

そんなことを考えながら、ラージャはなぜかどうしようもなく、彼に会いたいと思った。

しばらくうじうじしていたが、いつまでも立ち止まってはいられなかった。部屋に引きこもってどれほどたっただろうか。太陽が大きく角度を変えた頃になって、ラージャはようやく父への手紙を書き終えた。

「問題はどうやってこれをバジまで届けるか……」

ラージャは厳重に封をしながらひとりごちた。

こんな状況である、もはや誰を信じていいか分からない。恥を忍んで、ロールーリ王に特使を派遣してもらうのがもっとも安全かもしれない。

思い立ったら即行動。ラージャは黄金宮殿へ向かうべく部屋を出た。すぐそこで、優秀な侍《じ》女《じょ》が神妙に控えていた。

「王女。お疲れさまでございます」

「ベナ……あなた、ずっとそこで待っていたんですか?」

「侍女ですもの、当然です」

力強く断言されて、ふわりと心が軽くなる。

「ひとりですか? ゼッカルは?」

「ふてくされて出て行ったきりです。シャムスさまに喧嘩《けんか》など売っていないといいのですけど」

「……そう。バーリーは?」

「さあ……。王女がおこもりになってから姿が見えません。相変わらず彼の行動は謎ですわ」

ああそうだ、とラージャは思った。経歴から見ればゼッカルが断然怪しく見えるのだけれど、そう言えばバーリーも不可解な行動をとることがあった。突然姿を消したり、かと思うと急に現れたり。おまけに彼は意思の疎通《そつう》に神経を使うから、相手をしている時は身の回りに気を配らなくなるのも確かだ。

（ああ嫌だ、こんなことまで考えるなんて……）

たった一日で自分がひどくけがれた存在になった気がして、ラージャは重く嘆息《たんそく》した。すかさず、ベナが気遣ってくれる。

「王女、お顔の色がすぐれませんわ。少しお休みになっては？」

「いいえ。一刻も早く国に報告したいんです。マウル王に協力を仰《あお》がねば」

「では黄金宮殿までの馬車をご用意いたします」

「いりません。大した距離ではないし、歩いていきます」

「無理をしてお倒れになったらどうするのです。ただでさえ大変な時でしょう。お茶を冷ましておきましたから、召しあがってください。その間に馬車を手配いたしますので」

ベナはてきぱきと茶器一式を部屋に運びこみ、黒衣を翻《ひるがえ》して行った。

それまで何とも思わなかったはずなのに、首の長いポットを見るなり猛烈にのどの渇きを覚え、ラージャはひと息に茶を飲んだ。身体中が潤ったように錯覚する。

「王女、馬車が到着しました。お急ぎください。わたくしも共に参りますので」

「ええ。ありがとう、ベナ」

ラージャはできた書簡をしっかりと胸に抱き、宿の前に停まった箱馬車に乗りこんだ。

ほどなくゆっくりと動き出したその車。

外ではその後を追うように人影が動いたが——立派な作りの車の中からは、外の様子など少しもうかがい知ることはできないのだった。

●・・・○・・・●

「シャムスさま！　ラージャ王女が逃走をはかったようです！」

ロールーリ王から借り受けた衛兵から一報を受けた時、シャムスはさして驚くことなく曲刀を手に取り立ちあがった。

「やはり動いたか。しかし想定内だ」

「はい。宿から出てきたのは大きな箱馬車です、目立ちますのですぐに発見できるかと」

さすがに大国の衛兵たちは優秀だ、報告と同時に馬を引いてきている。

シャムスは詰め所を出、そのまま馬上に飛び乗った。衛兵が数名それに倣《なら》って、すぐに騎馬の小隊が出来上がる。

「馬車はどこに向かっている？」

「西のようです。万一出国しようとしても、城門で抑えるよう手配済みです」

「よし、我々も行こう」

シャムスは馬の腹を蹴《け》り、誰よりも先んじて馬を西へと走らせた。数頭のいななきが続き、砂塵《さじん》をまき散らしながらロールーリの街を西に駆ける。

――決して逃がすわけにはいかない。

想いが馬に伝わったかのように、四本の脚は力強く大地を蹴った。

「あの馬車です！」

追従していた衛兵が声を上げた。前方はるか、国境でもある城門の傍に、停車する大形の箱馬車がある。間に合ったようだ。

「――シャムスさま！」

城門に遣っていた衛兵が、シャムスを見つけるなり転がるように走ってきた。

「どうした」

「はい、それが――馬車が無人で！」

「なに」

シャムスは即座に馬から飛びおり、馬車へと走った。いかにも王族が好んで使いそうな、北方風の立派な仕立ての箱馬車だ。毛並みのいい馬がきちんと繋がれている。

だが、中はもぬけの殻《から》だった。人どころか、荷物のひとつもない。

「す、すみません！　取り違えたようです！」

血相変える衛兵たちに、シャムスは苦々しく「いや」と応えた。確かに馬車は無人だが、床に小さな赤石の粒が落ちている。連日行動を共にしていたシャムスだからこそすぐに気付いた。

その粒は、ラージャの靴《くつ》を飾っていたものだ。

シャムスはかみしめた奥歯の隙間《すきま》から、声を絞《しぼ》り出すように告げた。

「――やられた。途中で乗り換えられている」

●・・・○・・・●

りん、しゃん――と、涼やかな音がした。

もうすっかり聞き慣れた音。しかし、いつもとは少し違う、どこか寂しいリズムだ。

りん、しゃん――。

いったいどうしたのだろう。何か辛《つら》いことでもあったのだろうか。

もしそうなら聞いてあげなきゃ。

彼は口がきけないけれど、意思を伝えあう方法はいくらでもある――。

「……バーリー？」

まぶたを開いた時、ラージャがまず目にしたのは寡黙《かもく》な衛兵の横顔だった。

ぱちぱちと、何度かまばたきをする。

そして次に思う。なぜバーリーがいるのかと。

（というか、ここはどこ？）

ラージャは茫然《ぼうぜん》として辺りを見回した。

いつの間にか眠ってしまっていたようだが、馬車に乗って黄金宮殿へ向かっていた自覚はあった。しかし、バーリーを同乗させた記憶はない。しかもどうしたことか、きちんとした箱型だったはずの馬車は、いつの間にか雑然と散らかった幌馬車《ほろばしゃ》に変わってしまっている。

（なに、何が起こってるの……？）

幌が張られた側面から上部にかけてはもちろんのこと、前後も砂よけの布が下げられ、何となく薄暗い馬車の中、ラージャはしきりに首を回して事態を理解しようと試みた。

いるはずのないバーリーはごちゃごちゃに積まれた荷物に肩を預け、眠ったように目を閉じている。その横に置かれた木箱には真鍮製《しんちゅうせい》と思《おぼ》しき食器が詰めこまれ、脇に放られた麻袋からは青い石をつないだ首飾りがのぞき、籠《かご》にはいっぱいの果物、水袋と思《おぼ》しきものも複数ある。

そこにあるものはすべて、ラージャの記憶にそぐわないものばかりだ。いや、物だけではない、馬車の走りが悪いことにも違和感がある。元は砂でも日常的に踏み固められている街なかの道では、車輪はもっと軽快に回るはず。なのに今は、すこぶる回転が遅い。

――まさか。

嫌な予感がして、ラージャは四《よ》つん這《ば》いで馬車の尾部まで移動した。垂れ下がっていた砂よけの布を、思い切って持ち上げる。

絶句した。

そこには、夕日に照らされ朱に染まった砂の海が広がっていた。右も、左も、見渡す限り砂である。他には何もない。街も、木も、岩も――何も。ただ動物の足跡に混じって轍《わだち》が伸び、時々砂を巻き上げた風の形が分かるだけ。

「……バーリー。起きて、説明して。どういうことですか」

脈が早まるのを感じながら、ラージャはやや強めに彼の袖《そで》を引いた。すると彼は、目を開けることも、いつものように微笑《ほほえ》みかけることもせず、いきなりぐらりと頭部を傾《かし》がせ、かと思うとそのまま、音を立てて床へと倒れ伏した。

「バーリー?」

驚いて彼に飛びつき、ぎょっとした。彼は左右の手首を腹でひとまとめに縛《しば》られていた。そのうえ青灰色の頭巻《ターバン》に、恐ろしく赤い色が染みている。

「これ……血……?」

ごくりと喉《のど》を鳴らし、恐る恐る彼の口元に耳を寄せる。弱々しいけれど息はあった。押し迫るような不安の中、ほんのわずかだけ安堵《あんど》する。その、隙《すき》をついたようだった。

「――お目覚めでしたの、王女」

唐突《とうとつ》に荷物の合間から声がし、心臓が跳ねあがった。声の主はすぐに判別できたが、それでも驚いたことに変わりない。ラージャは前かがみになって呼びかけた。

「……ベナ？　ベナですか？」

「ええ。ここにおります」

荷台の前方に積まれていた大きな飾り壺《つぼ》の陰で、黒い影がのっそり動く。黒衣の彼女は振り返っても影のように見えたが、灰色の瞳はいつものように柔和《にゅうわ》に細められている。

「ベナ、いったいどうなっているんです？　バーリーが怪我《けが》を……しかも知らない間に馬車が変わり、砂漠に出ているなんて……訳が分かりません」

膝頭で這《は》い逃げるように寄ってきたラージャに、ベナはいたわるような眼差《まなざ》しを向けた。

「ご安心ください、王女。すべて片付いた後でございます」

「片付いた？」

「ええ。どうか落ち着いてお聞きくださいませ。詐取《さしゅ》事件はバーリーの仕業《しわざ》だったのですわ」

え……と、小さな声が転がり落ちた。

「バーリーが？　まさか、どうして」

「彼は言葉を持ちませんから、どんな手を使ったのか、何の目的があったか分からずじまいですわ。ですが……事件が明るみになり、王女がお父上への報告を迷わなかったため、焦ったのでしょう。わたくしたちが宿を出てすぐ、彼は馬車を襲ったのです」

そして馬車を乗っ取られ、そのままでは目立つからか、この幌馬車に乗せ替えられた――そう説明しながら、ベナが口元に袖《そで》を寄せ、うつむく。

「わたくしがついていながら、未然に防げずに申し訳ございません。ですがわたくしも、王女を盾にされてはなすすべもなく……」

「……いえ、それほどの大ごとが起こっているのに眠りこけているわたしの方が罪は重いです。でも、なぜその状況で、今バーリーが怪我を？」

「馬車が砂漠に出た直後、通りがかったキャラバンに助けを求めたのです。運が良かったのですわ、屈強な殿方《とのがた》が揃《そろ》っておいでで、彼を取り押さえることができたのです。怪我は、その際に。目覚めれば多少抵抗するかもしれませんが、ご安心を。馬車の周りをその方々たちがついてきてくださいます」

なるほど、轍《わだち》の周りに散らばっていた足跡は彼らが乗る駱駝《らくだ》のものか。

納得しながら、ラージャは意識を手放しているバーリーに目を落とした。

彼の横顔から思い出されるのは、言葉がなくてもやわらかな表情と優しい仕草で想いを伝えようとする彼の姿。いくら見つめても、彼が自分たちに害意を向ける姿など想像ができない。

彼に手を伸ばし、血濡れた頭巻《ターバン》をそっとずらすと、後ろ頭に殴打《おうだ》されたような傷口が見受けられた。幸いにして出血は止まっているようだが、部位が部位だけに放ってはおけない。

「ベナ、馬車はロールーリへ戻っているんでしょう？　街へ着いたらまず医者へ向かって。バーリーを診《み》てもらいます」

「まあ、王女。馬車はすでにバジを目指しておりますわ」

「バジへ？」

思わず声高になってしまった。怪訝《けげん》の表情を読んだベナが、すかさず説明を加える。

「キャラバンのみなさまがバジへ向かうと言うことでしたので同行させていただいたのです。こうなっては誰が信用できるか分かりませんし。お文も、王女御自らお父上に届けられれば安心ですものね」

並べられた正論に、ラージャは浅く頷いた。

「分かりました。……嫌になるほど分かりました。――あなたの言うことは嘘ばかり」

ベナが一瞬口を閉ざし、遅れて「まあ」と肩をそびやかせた。

「なぜ嘘だなんておっしゃるのです」

「なぜ、って。この馬車がバジに向かってはいないからです」

外を見た時に太陽の位置は確認済みだ。この馬車は、南を向いて走っている。砂漠の北部に位置するバジに、どうしてたどり着くことができるだろう。

それに馬車の周りを走る駱駝の気配はせいぜい四、五頭分。足跡もその程度だった。そんな小規模なキャラバンなどいる訳がない。だいたい、通りすがりのキャラバンに助けを求めるくらいなら、ロールーリ出国の際に城門を守る衛兵をまず頼るべきだ。

「――ベナ。事実を話しなさい。詐取事件から今の状況まで、すべてあなたの企《たくら》みなのですか」

ラージャは、父が臣下を御《ぎょ》するのを真似《まね》て言った。背を伸ばし、身体の隅々にまで意識をいきわたらせ、相手から目をそらさない。

ラージャはすでに確信を得ていた。

こうなってしまうと思い当たることが多いのだ。

シャムスが探し求めていたあのルビーの耳飾りは、ラージャも今回の貴賓会で初めて身につけた。衣装を含め、支度《したく》をしていたのはこのベナだった。

本職のキャラバン相手にも容易に天井飾りを売りこむ口の巧みさがあれば、忘我《ぼうが》の求愛に走る者たちを言いくるめるのもたやすいことだろう。

そして今、ラージャが馬車を変えられたことにも気付かないほど深く眠っていたのは――出発前に彼女がいれたお茶に何かしらの混ぜ物があったからに違いない。

使えるものは何でも使えが信条だと言った、この侍女《じじょ》は言葉通りにやったのだろう。

ベナは、その場に縫《ぬ》いとめられたように一切の動きを止めていた。

黒衣の下からゆっくりとした息遣いが聞かれたのは、しばらくたった後のこと。

「……どうしてあなたはそう王女らしくないのでしょう。後宮《ハレム》に住まう姫君は、ただ容姿に優れ、王の寵愛《ちょうあい》を受けることだけに関心を向ける生き物ですのに」

「……後宮？　あなたが後宮の何を知っているというんです」

「知っておりますとも。故郷で奴隷《どれい》商人の人狩りに遭《あ》い──最初に売られた先が大国の後宮でしたから」

「──それは、バッタートですか」

この馬車が南に向かっているのがそう思った理由のひとつ。そしてベナがまだら衣装のバッタート王子を、一瞬にして既婚者だと見抜いた事実も忘れていない。貴賓会に頻繁《ひんぱん》に参加しているシャムスがそれと知っているなら理解もできるが、ラージャでさえろくに王族の社交場に出向くことがなかったのだ、彼女が遠く離れた異国の王族について知っているはずがない。

反応のないベナに、たたみかけるようにラージャは言った。

「あなたが手に入れたものはバッタートに流れているのですね。あなたがラフルマーン王子と接触したのも、近頃バッタートの景気がいいのも、こんなからくりがあるから？」

「……王でもないひとりの人間がそれほど国を富ませることができるとお思いですか？」

「同じような働きをする人が何人もいれば十分あり得る話です。ロールーリ王がじかに対応なさったくらいです、きっとバジ以外でも不可解な金品の流れがあったんでしょう」

ラージャは真っ直ぐに侍女を見据えた。不思議に怒りはない。心は冷え冷えとしている。

「ベナ。なぜこんな回りくどい方法を？　まとまったお金が欲しいだけなら、もっと簡単に……わたしの持ち物を持ち出せば、それで済んだはずです。なぜ他者を巻きこんだんです」

きつい口調で詰問すると、さすがのベナも諦めたのか、ふーっと長い息をついた。

「単純な話ですわ。いくらでもお金が必要なのです。バッタート王はもっとも大金を積み上げた者に王位を譲《ゆず》ると明言しているので、みな必死なのです。――あのラフルマーンも」

ということは、黒幕はラフルマーンか。勘付いたものの、ベナの口調はラフルマーンに従順であるようには聞こえなかった。だいたい、砂漠の王族の盛衰、異国生まれのベナにとってはどうでもいい問題であるはずだ。

「なぜそこまでしてラフルマーン王子に肩入れするんです？」

問うとベナは、何かを飲み下すように黙りこんだ。そして美しい眉を忌々《いまいま》しげに歪め、

「姉が――ラフルマーンに夢中ですから」

そう、声を震わせた。

「さらわれ、売られ、不安と恐怖を感じながらもわたくしを守らんと気を張っていた姉を、あの方は優しい言葉で誘いましたわ。落ちるまでひと夜もかかりませんでした。遅かれ早かれ捨てられるだけだと何度も言いますのに、それも聞かず……でも、わたくしはそんな姉を置いて逃げ出すわけにはいかない……」

「つまり、あなたにとっては人質をとられたも同然ということですね」

「ええ……。他の兄弟をしのぐ大金を手に入れ、確固たる地位が確立すれば、姉を捨て、わたくしも解放する……それがラフルマーンと交わした契約です」

「そう……」

ラージャは細く嘆息《たんそく》した。ここまで聞いても、やはり怒りは湧かない。代わりに胸にのぼるのは同情だ。と言っても、異郷の地からさらわれてきた姉妹の身の上に心が動いたわけではない。そんな取引を信じているベナのおかしな純粋さに、同情した。

「……ベナ。わたしはラフルマーン王子のことはよく知りません。でも、あなたにこんな汚い仕事をさせるくらいです。すべてが露見した今、姉もろとも殺されるとは思いませんか」

「思いませんわ。あの方は一番星と暁《あかつき》の空に誓いを立てましたから」

ベナはその時の様子を再現するように、額と両肩に点々と指を当てた。それが何を意味するものか、ラージャには分からない。きっとラフルマーンも同じだろう。それは砂漠においては何の価値も持たない誓いだ。

ラージャは逡巡《しゅんじゅん》したい気持ちを押しこめ、侍女の灰色の瞳に静かに告げた。

「ベナ。ここはあなたの生まれた土地ではないんです。その誓いは砂漠の民を縛《しば》りません」

「まあ、ラフルマーンが誓いを破ると……？」

「ええ。人を欺《あざむ》くことは簡単ですから。あなたが、わたしをたやすく欺いたように」

ハッと、ベナが息を詰めたのが分かった。薄布の下で唇をかんだのが、かろうじて窺《うかが》える。だが彼女は動揺を払い落とすように軽くかぶりを振った。

「犯人はバーリーですわ。彼は口封じのためにあなたとわたくしを連れ去ったのです」

「――そして返り討《う》ちにあって死んだと触れまわるのですか」

「彼は死んではおりません。殺すなというのがあの方の指示ですもの」

姉が関わると頭が回らなくなるのだろうか。ベナはラフルマーンが下したという指示を、言葉通りに受け取っているようだった。だが、ラージャには分かる。ラフルマーンの本当の思惑。

「分かりなさい、ベナ。バーリーをすぐに殺せと言わなかったのは――バッタートに着くまでにわたしを殺し、その罪までも彼になすりつけて葬《ほうむ》るためです。彼が自分を弁護できないことを分かっていて……それすら利用しようとしているんですよ、あの人は」

「それは違いますわ、王女。あなたの命は取られません。あなたには、バッタートの後宮《ハレム》へおいでいただく予定ですから。意味は、お分かりですわよね？」

むざむざ頷きはしなかったが、分かった。

単にラージャをバッタート王へ献上する、というだけではない。

後宮と言えば王の妃や寵姫《ちょうき》たちが優雅に暮らす絢爛豪華《けんらんごうか》な場所、という印象を抱きがちだが、華やかさを削《そ》ぎ落とせば単なる巨大な鳥籠《とりかご》でしかない。バジでは不祥事《ふしょうじ》が起こったが、本来厳重に管理されているそこは、女を一生涯監禁するにはうってつけの場所。ラージャをそこに押しこめることで真実を闇に葬《ほうむ》ろうというのだ。表向きは、部下に殺されたのだとして。

どこまで計算高いのだ、バッタートの王子は。

そしてどこまで従う気なのだ、この侍女は。

ようやく真っ当に怒りがこみ上げてきた。

もはや金がどうこういう問題ではない。広く砂漠の国々を巻きこみ、バジの信頼を損ない、タクタルに至っては存亡の危機にまで追い詰められた、非道な事件だ。

これ以上思い通りになってたまるものか。

「馬車を停めて、停めて下さい！」

ラージャは砂よけの布をたくしあげた。声を張れば、ほどなく車輪の回転が遅くなる。車から飛び降りると、山羊革の靴《くつ》越しに、砂がきしむのを感じた。

改めて周囲を見渡す。

大地と空の接点に、巨大な太陽が横たわっている。先ほどもそうであったように、周りには何の影もない。左方にうねるような砂丘があるが、その向こうも乾いた大地が続くだけだろう。

さあ、どうしよう。自分に問いかける。

この馬車がバッタートに向かっていることは確実だ。到着する前にどうにかしなければ自分もバーリーも、バジさえも未来がない。

しかしこの砂漠の真ん中で、移動手段として自分の脚しか持たないラージャに、負傷したバーリーを連れて逃げだせるかと言えば絶対的にそれは不可能である。

頼みの綱は馬車と並走する者たちだ。

戻れと言って、従ってくれるだろうか。いや、従ってくれなくても、ひとりでも未婚の男が混ざっていれば祝福の力でどうにかできるかもしれない。

一縷《いちる》の望みを持って幌《ほろ》の陰から姿を見せる集団に目を配り——ラージャは絶望した。

現れたのは白頭巻《ターバン》の男ばかりだった。毛並みのいい駱駝《らくだ》に乗った彼らは、先に予想したとおり、どう見ても旅の商人などではない。服装はさまざまでも、腰に佩《は》いた揃《そろ》いの曲刀が告げる。彼らは衛兵だ。恐らくはバッタートの。数は四人と少ないが、だからこそ精鋭に違いない。

そうでなければバーリーが後《おく》れをとったりはしないはずだ。

失敗したかもしれない。

ラージャはつばを飲んだ。停めろと言って素直に停められたからそう思った。十中八九、ベナとのやり取りをすべて聞かれた。だから、か、あるいははじめからそうだったか。この場で消される、と、直感した。ラージャも、バーリーも、そしてかなりの確率で、ベナも。

無言で曲刀を抜かれ、初めて全身を恐怖が這《は》った。

そこでみっともなく背中をさらして逃げ出せば、即座に刃をつきたてられてあっさり絶命したろう。が、四名の衛兵をねめつけたまま、じりじり後退することを選んでしまったから余計に恐怖は長引いた。

無言のまま、四組の目が真っ直ぐに向く。心臓がかつてない速さで脈を刻む。

(このまま死ぬの？　誤解されたまま——？)

身を斬られるよりも耐えがたい痛みに、ぎゅっとまぶたを閉じた、その時だった。

突風が吹いた。

頭衣《ベール》を巻き上げ、天高くにさらっていくほどの強風だ。ラージャは反射的にさらに強くまぶたを閉じ、舞い上がった砂塵《さじん》から目を守った。急な風に驚いたのだろう、駱駝たちがたたらを踏む。衛兵たちも駱駝を御しきれずに動揺の声を上げ、中には振り落とされる者もいた。

（……なに……この風……？）

ラージャは薄目を開けて辺りを睨んだ。風は未だ止まず、吹きあがったり、吹き下ろしたりをくり返している。だが、ラージャにはやわらかく、衛兵たちにはとりわけ強く吹きつけているように見える。

「なにごとですか——ああっ」

異常を察して顔を出したベナが、風にさらわれるように砂上に投げ出された。

いよいよおかしい。まるで風が意思を持って動いているようだ。

ぱちぱちと、頬に砂粒が当たるのを感じながら、ラージャは必死に風の行方に目を凝《こ》らした。

ああっ、と、思わず声が出た。

左方にうねる丘陵の上空に、見覚えのある影があったのだ。

一見少年のような少女を乗せた、空飛ぶ黒馬だ。

「——ルキス！」

「はぁい、勇敢《ゆうかん》な王女サマ」

いつかの挨拶《あいさつ》を交えながら、タクタルの魔精《ジン》・ルキス＝ラキスが手を振った。

「ピンチっぽいから助けてあげるわー。今のあたしは無敵よ、こんなことだってやっちゃうんだから！」

ルキス＝ラキスが一本指を突き立てて、空に大きな半円を描いた。するとまた新たな風が走り抜け、なんと、ラージャの身体を足元からすくい上げたではないか。

「え。うそ。待って。待ってええええぇ……！」

訴えるも空しく、ラージャの身体は矢のように大きく中空に放たれた。一応敵の只中《ただなか》から救出された形にはなったものの、ルキス＝ラキスはそこですっかり満足したように腕組みしている。着地はどうしろと言うのか。ラージャは水に溺《おぼ》れるように四肢《しし》を振り乱して叫んだ。

「ルキス、最後まで責任持ってえええぇぇぇ！」

「大丈夫よー。ちゃんとシャムスにあげるからっ」

「え——」

一瞬硬直した直後、落下していた身体がとん、とやわらかく受け止められた。

その感覚の正体を知り、ラージャの目は点になる。

戦士の体軀《たいく》、鷲《わし》の面容。

なぜいるのだろう。

いつかのように、シャムスがしかとラージャを抱きとめているではないか。

「な……なん……で」

しきりに口を開け閉めするも、まともな言葉が出せないラージャに、タクタル王弟は一瞥《いちべつ》をくれた。目が合うと、彼は痛みをこらえるように眉をしかめる。

「すまない、遅くなってしまった」

間近でささやかれ、ぼっと身体の奥に火がついた。

「あ、あやまることないじゃないですか。正直、来て下さるとも思っていなかったですし」

「……そう言われると来たことを猛烈に後悔しそうになるんだが」

「あ、嬉しいですよ？　嬉しいんですけど——都合よすぎませんか？　なぜ今、ここに、あなたがいるんです」

少々がっかりさせてしまった王弟殿下に、取り繕《つくろ》うように問いを投げる。

すると彼は唇の端に笑みを引っかけ、

「私だけではない」

言うなり手綱《たづな》をさばいて駱駝《らくだ》の首を巡らせ、肩越しに背後を振り返って叫んだ。

「王女は保護した！　みな存分に働け！」

次の瞬間、ラージャは双眸《そうぼう》をまん丸にした。

シャムスの声に応えるように、丘陵《きゅうりょう》の向こうからわっと駱駝の一団が飛び出したのだ。

こぶに青灰色の布をかけられたその駱駝たちは、同じ色の外套《がいとう》を羽織《はお》った男たちを乗せ、激しい地鳴りとともに次々とラージャらの脇を駆け抜ける。

「──だからなんであんたに命令されなきゃなんねーの！　いややるけど、やるけどさ！」

衛兵たちの勇ましい掛け声が飛び交う中、ラージャの耳が聞き慣れた声の聞き慣れた文句を拾った。振り向く。視界に飛び込んだのは、チャラチャラした装いの前科者だ。

「ゼッカル……」

見慣れた姿への安堵《あんど》感がいっぺんにあふれた。同時に、いっときでも疑いを持ってしまった後ろめたさから、泣きそうになる。そんなラージャにすれ違いざま、

「守れなくてごめん。借りはきっちりここで返す」

ゼッカルは小さな笑みを見せた。

直後に一転、凛々《りり》しく曲刀を抜き払い、

「ひとりも逃がさねーからな！」

ゼッカルの叫びが轟《とどろ》き、他の衛兵たちもおのおの白刃《はくじん》を閃《ひらめ》かせた。たちまち、バッタート兵が撤退を始める。圧倒的に数に劣り、勝機がないと悟ったのだろう。馬車もベナも捨てての全力の逃走だ。すぐにゼッカルらもその後を追った。

「──そうだわ。シャムス、馬車の中にバーリーがいるんです。頭に怪我《けが》をしているんです、早く手当てしないと」

「なに」

顔色を変えたシャムスは、馬車の傍まで一気に駱駝を走らせた。砂よけをまくり、中に横た

わる衛兵を見、すぐに空中をふよふよ漂っていた魔精を呼び寄せる。

「ルキス。車をおまえの馬につなぎ、ロールーリへ飛べ」

「おっけぃ。お医者に連れてけばいいのよね、任せて！　シャムスの唯一のお友だちだもん、絶対死なせたりしないわ！」

ルキス＝ラキスが前傾になって木馬を急がせ、あっという間に車を伴《ともな》い茜《あかね》の空へと飛び立った。ひとまず最良の処置をとれて安心した――が、疑問がひとつ。

「……バーリーが、あなたの友だち？　いつの間にそんなに親しく？」

なんだかちょっと面白くなくて、ラージャは上目で問いかけた。するとシャムスは怯《ひる》んだように顎《あご》を引き、そっと視線を外し、

「話は後だ。今はこの場をおさめてロールーリに戻るのが先だ。……連中を連れて」

沈みかけの太陽に目を眇《すが》め、衛兵たちが格闘する方へ意識を向ける。

バッタートの衛兵が、ひとり、またひとりと身柄を抑えられていく中、バジの衛兵の手によってベナにも縄がかけられた。彼女は一切、抵抗する様子を見せなかった。

終章　千一昼夜の始まりの一夜

今宵《こよい》も宴《うたげ》が催《もよお》されている砂漠の大国ロールーリ、黄金宮殿。

賑《にぎ》わう会場を歩くラージャは、注目の的《まと》だった。

ただし彼女の一挙手一投足に向けられる視線は、以前のように不快に感じるものは含まれていない。彼女が頭衣《ベール》を揺らしながら通り過ぎるたびに起こる、波のようなささやきも、陰湿な響きが消えている。

これもすべてマウル王のおかげだった。

華の宴《うたげ》の始まりに、彼はお抱えの語《かた》り部《べ》パシパに、とある語りを披露させたのだ。

内容は、悩殺王女が人を魅了する間に金品を詐取《さしゅ》される事件が起こる――という、ラージャの状況をそっくりそのまま伝承の悩殺王女に置き変えただけの物語。もちろん「第三者の陰謀《いんぼう》によるものであった」というオチまで丸ごと運用されていた。

その物語は、パシパの巧みな節回しも手伝って会場中の人間を虜《とりこ》にし、その後会場の随所《ずいしょ》でささやかれた「バジの王女もあの物語と同じであったらしい」という噂《うわさ》を、いとも簡単に浸透させた。もちろんその噂も、マウル王が意図的に仕掛けたものである。黒幕はぼかされ、バッタートの名も表には出されなかったが、それでも信憑性《しんぴょう》はあったようだ。

おかげで、ラージャに対して持たれていた不信感は完全に消えていた。バジの王女は「詐取《さしゅ》事件の首謀者《しゅぼうしゃ》」から「逆境を覆《くつがえ》した姫君」として、あるいは単なる美貌《びぼう》の王女として、賓客らの興味を引いたのである。

さてその注目のバジ王女本人はと言うと、周囲の関心が集まっていることも気に掛けず、宴席の賑《にぎ》わいの中で恩人たる衛兵との再会を果たしていた。言葉を持たない衛兵である。

「バーリー。どうして来ちゃったんですか。あなたは休んでなきゃダメでしょう?」

頭に包帯を巻きつけた痛々しい姿であるにもかかわらず、ラージャの前で恭《うやうや》しく膝をつく彼。

事件後タクタルの魔精《ジン》によってロールーリに送り届けられた彼は、直ちに医者の治療を受け、ほどなく意識を取り戻していた。しかし怪我《けが》は決して軽くなく、医者にも安静を言いつけられていた。だからラージャは「絶対に無理させないように」とゼッカルに重々頼んでここに来ていたのだが——問題の彼は、そこでじっとひざまずいている。

「バーリー、部屋に戻って休んで?　わたしが言ってること、分かっているでしょう?」

ラージャも膝をついて無理やりに目線を合わせて訴えたが、バーリーは何も聞き入れまいとするかのように顔を伏せ、立たせようと腕を引っ張っても、まるで動こうとしなかった。

「どうしちゃったんです。あなたが言うこと聞いてくれないなんて」

「……罪滅ぼしのつもりだろう」

困ってしまったラージャに、声を持たない彼の心を代弁する者があった。シャムスである。

彼は人波の間を抜けて二人の方へ近付いてくると、訳知り顔でバーリーを見下ろし、

「傍にありながら危険を回避できなかった己を責めているだけ、そうだろう？」

すいと顎《あご》を上げたバーリーが、シャムスに向けて相槌《あいづち》を打った。途端、「何言ってるの」と、ラージャは思わず彼の手を握る。

「あなたはわたしを守ろうとしてくれたじゃないですか。それに――あやまらなくてはいけないのはわたしの方。あなたを、疑ってしまった瞬間があったんです。ごめんなさい。あなたも、ゼッカルも――わたしのこと本当に想ってくれていたのに」

詫《わ》びの言葉を重ねながら、まぶたを伏せる。強く手を握り返される感触につられて目を開ければ、バーリーは「とんでもない」と言わんばかりに首を振っていた。

そんな彼の肩に、シャムスが手を置く。彼もまた耳の聞こえない彼のために膝を折り、目を合わせ、大きく口を動かす。

「おまえはよく働いた。だから――立て。そしてもう休め。私もラージャも、おまえに倒れられたらたまらない。それとも、おまえはもう私の命令など聞けないか」

丁寧《ていねい》に言葉を紡《つむ》いだシャムスに、バーリーは震えるように首を横にした。再度促され、彼がようやく立ち上がる。「さあ行け」と、シャムスが穏やかな表情でその背を押した。「ゼッカル

が大声あげて宮殿中を探し歩いている、あれでは周りが迷惑する」と、巧い言葉で急《せ》かして。

「……あのう……」

焦りの形相《ぎょうそう》でバタバタ駆けていく細い束ね髪を眺め、次いで傍《かたわ》らの王弟殿下を見上げ、ラージャはおずおずと声をかけた。

「ルキスはお友だちって言ってましたけど、ひょっとしてバーリーって……」

「元々私の配下だ」

先回りしてシャムスが答えた。やっぱり、と、ラージャは思わず身を乗り出す。

「あなた、やけに上手に彼と会話できてましたもんね。ちょっと引っかかってはいたんです」

ひとつ謎が解けてすっきりした。が、解けたら解けたで後味の悪いものが残る。

「……あなたの配下ということは、バーリーはわたしのことを監視していたんですね、石のことを探るために。つまりその時にはすでに疑われていたと……」

ラージャはしゅんとして指先をいじった。もう半年も前のことである、事情があったにしても騙《だま》されっぱなしだった事実は、さすがに少々悲しい。

「……すまない」

シャムスの声が頭上から降り、少しだけ顔を上げる。ラージャを見る、真摯《しんし》な色を宿した瞳。

彼は格別丁寧《ていねい》な口調で言葉をつないだ。

「私のやり方に問題があった事はよく分かっている。だがバーリーを送りこんだからこそ金品詐取の首謀者《しゅぼうしゃ》があなたでないと早い段階で分かっていた」

「え……わ、分かっていてわたしを疑うようなこと言ったんですか！」

「いや、できれば私もそうせずに済ませたかった」

シャムスが少々慌てた様子で否定した。彼にしてはめずらしいことなので、ラージャもトゲトゲした態度を引っこめ、聞く姿勢を見せる。すると彼も安心したようだ。一度、ゆっくりとした呼吸が聞かれた。

「あなたを疑う必要がないことは分かっていた。バーリーの報告も受けていたし、少なくとも、詐取事件に関わりはないだろうと自分自身でも判断していた。バジの街で、キャラバン相手に誠実に対応するあなたのことを何度も見ていたからな」

「み、見てたんですか？　何度もって、わたし、全然知りませんでしたよ……！」

「知られていたら監視にならない」

うろたえるラージャにそっぽを向いてそう言って、「とにかく」とシャムスは続けた。

「あなたが潔白であることが分かってからは、個人としては石の在《あ》り処《か》が分かり、それを取り戻せればそれでいいと思っていた。だが、マウル王の耳に入ってしまってはそういう訳にはいかない。王は王で、以前から各国から被害の訴えを受けていたらしい。一応バーリーの千里眼であの侍女《じじょ》が暗躍する場を何度も確認していると訴えたが、王はその先の流れを暴かねば意味がないと――あなたを囮《おとり》に使った。私も、従った。危険極まりないことだと、分かっていたのに」

シャムスの手が、いつの間にか握りこまれていた。節が突き出たその様子から、過剰《かじょう》に力が入っているのが分かる。

「……本当ならロールーリ国内で片づけるはずだった。相手を見くびってあなたを危険にさらしたのは私の落ち度だ。あなたを追って砂漠を駆ける間、誰よりも自分自身を恨んだ」

ついさっきまでのバーリーと同じ表情で、シャムスは己を責め立てる。

そんな彼を見ているとどうしてかとても優しい気持ちになって、ラージャはいつか彼がそうしてくれたように、今度は自分が彼のこぶしを解きにかかった。

「もういいじゃありませんか。わたしはこうして無事でしたし……疑うふりをしても、心では信じていてくれたんでしょう？　それが分かっただけですごく安心しました。ありがとう」

にっこり笑うと、シャムスは虚をつかれたように目をしばたたかせた。相変わらず笑顔はないが、出会った当初よりは格段に感情が見えるようになった気がする。いや、ラージャの方が彼の感情に敏《さと》くなっただけだろうか。

手を放し、会場に流れるウードの音色に乗るように、服の裾《すそ》をひらりと舞わせる。

「でも、よく見つけてくれましたよね。砂漠に出てしまえば東西南北どこへ向かったかもろくに分からないはずなのに」

「それは——ルキスのおかげだ。いや……あの侍女が自分の居場所を知らせたようなものか」

「……ベナが？　どういうことです？」

「ルキスはずっとあなたの傍で独特のにおいを感じていたらしい」

「におい？」

「恐らく悪事と知りつつ手を染めていた、あの侍女の葛藤《かっとう》のにおいだ」

「……そう、だったんですか……」

すっと心が静かになり、ラージャは棒立ちになって今頃この宮殿の暗部で拘束《こうそく》されているだろう彼女に想いを馳《は》せた。

「…………ベナは、どうなってしまうんでしょう」

砂漠の掟《おきて》では、重大な罪を犯した者は縛《しば》り首と決められている。何カ国にも被害をもたらし、王女誘拐《ゆうかい》まで企《くわだ》てた彼女が、それを回避できるとは思えない。だが、騙《だま》されても利用されても危険にさらされても、よく仕えてくれる侍女だった事実は消せない。できるなら最悪の事態は避けたかった。彼女の内に葛藤があったのだと聞けば、なおさらそう願わずにはいられない。

「――あの侍女はうちの後宮《ハレム》で預かることにするよ」

新たな声が割りこんできて、二人揃《そろ》って顔を向けた。優雅な足取りで現れたのは、今日も華やかな装いの砂漠の覇者、マウル王である。シャムス同様嫌疑を持ったふりをしていた彼が、今、ラージャに向けるのは、優しい笑みだけである。

「マウル王……後宮で預かる、って……」

ラージャは、驚きに目を見開いていた。彼の言ったその案は、女にだけ課すことができる、一生涯《いっしょうがい》の禁固刑である。ただしその獄は衣食に困らない待遇《たいぐう》のいい場所。思わず聞き返してしまう。よろしいのですか、と。

マウル王は顎に手を添えゆったり頷いた。

「いいとも。容姿に優れていたのが救いだ。表向きは私が彼女に目をつけ、後宮に招いた、としておけば言い訳が立つ」

「はい……。寛大なご配慮に、心から感謝申し上げます」

「どういたしまして——って、得意顔で言うけどね、ラージャ王女。私は別に、キミの感情に配慮してそうする訳じゃないよ。もちろんあの侍女に心惹《ひ》かれた訳でもない。ある意味危機回避のためだ」

え……と聞き返したラージャをよそに、マウル王は一度シャムスと目を見かわした。二人がいっせいにラージャに視線を送る。あまり芳《かんば》しくない顔色で。

「一応キミの耳にも入れておこうと思う。先刻確保したバッタートの衛兵——と思われる四人の男。奴らが全員死んだ」

「え——全員？　まさか、自害、ですか」

情報漏洩《ろうえい》を防ぐために主君からそういう教育をされている可能性を、ラージャはまず思いついた。しかしマウル王は「いや」とそれを否定する。

「不慮《ふりょ》の事故、と、片づけるほかない。——今は」

マウル王の奇妙な言い回しに、首を傾《かし》げる。解説を求めるようにシャムスを見ると、彼は険しい表情でこう説明を加えた。

「四人が四人、違う場所に囚われていながら同じ中毒症を起こして死んだ。共通するのはみな足に咬《か》み傷があったことだ。こんなふうに」

シャムスが腕をまくって見せた。先日へびの魔精《ジン》に喰らいつかれた傷跡が、まだそこにくっきり残っている。ラージャは、ハッとした。

「中毒症って、へびの毒によるものですか？　そのへびって、まさかあの魔精……」

言い終えるより早く、シャムスが首を振った。

「あの魔精はルキスが始末した。だから同一のへびではない。だが——」

「へび使いの方は姿を消したからねぇ」

「姿を、消した？」

「そう。もう見事なもんだよ。頑丈な檻《おり》の中から、忽然《こつぜん》と消えたんだからね。そして——夜な夜な宴席に現れていたラフルマーンも所在不明ときてる」

ざわり、ラージャの全身に鳥肌が立った。

「……ということは、あのへび使いもバッタートの手先だったと……？」

「可能性は高いね。でも、当の本人が消えた以上、確かめることができない」

　残念、と、マウル王は言葉とは裏腹に余裕のにじむ顔でつぶやいた。

「とりあえず、ラージャ王女。今回の件について、被害を受けた関係者には必要最低限の説明だけをする。あなたの侍女のことは公《おおやけ》にしても、バッタートのことは伏せるつもりだ。奴らを追い詰めるだけの物証が、こちらにはないからね。もちろん、水面下で調べは進めるけど」

　なるほど、とラージャは理解した。ベナが後宮での預かりになったのはこのためだ。彼女の身の安全を確保するため、情報を引き出すため——そしてバッタートの出方を見るために。

「ラージャ。あなたも多少なり関わりを持ったんだ、今まで以上に身辺に気を配った方がいい。バーリーも、こちらには戻さず、継続してあなたの元に遣《や》るつもりだ。常に傍に置くように」

　シャムスの忠告に殊勝《しゅしょう》に返事はしたものの、ざわざわと、腹の底を不安が這《は》いまわる感覚に震えた。彼の口調に警戒の響きが強かったから、余計にそう感じたのかもしれない。

「大丈夫だよ、ラージャ王女」

　ラージャの心情を察したのか、マウル王がいたわるように笑いかけてきた。

「キミのこともちゃんと守ってあげるよ。うちの後宮においで」

「え」

　硬直する。思考まで。だが身体の方が先に勝手に動き出し、砂漠の覇者の誘いを受ける利点、欠点を考えることもなく、ラージャは首を振っていた。大きく横に。

「い——いいえ！　けっこうです！　というか、無理、です！」

「おや。全力で拒否されてしまったよ」

マウル王が額に手を当て、分かりやすくがっかりした。しまったこれ失言——と、ラージャは内心悲鳴を上げたが、ふられた王者はたった一回まばたきする間に表情を一新させていた。じゃあしょうがない、と、やたら愉しげに開き直る。

「代案を出そう。——シャムス。キミ、さくっと私の後を継いで彼女を後宮の寵姫《ちょうき》第一号に」

「しません。ロールーリにも参りません」

間髪《かんはつ》をいれずに一刀両断。マウル王がムッと口をつきだした。

「なんだよ。ルキスが力を取り戻したら、祝福を解いて私のところに来る約束だろう?」

「ありもしない事実を捏造《ねつぞう》なさらないでください。だいいち、二年もかけて衰退した国が、一日二日で元に戻るとでも?　私は当分タクタルにこの身を捧げる所存です」

「当分って。いつまでだよ。私はせっかちなんだ、そう長く待てない。待てないぞー」

駄々《だだ》っ子か。シャムスがつぶやいたのが分かった。

鉄色の双眸《そうぼう》が、不意にラージャを捉える。

どんな顔をしていいのか分からずに、ラージャは曖昧《あいまい》に笑った。

シャムスの進退とか、祝福とか、後宮がどうのとか、そういう問題はシャムスが抱えるものであって、ラージャには何ら関係がないことだ。

だが、おしまい、という事実は嫌でも共有しなくてはいけなくなる。

ラージャは目的を遂《と》げ、シャムスもまたラージャに用はなくなったから。

ここで共に過ごす理由は、もうない。

柱廊からひう、と乾いた風が吹きこみ、感傷的な気分が高まった。

何も金輪際《こんりんざい》会えないという訳ではない。この機にバジとタクタルで国交を持ち、その掛け橋になればいいだけの話。

分かっていても、やはり寂しい。どうしようもなく寂しい。

「せめて期限を決めろー。私を安心させるんだー。じゃなきゃ帰してやらないからなー」

マウル王が子どものように訴える。あんなふうにわがままを言えたら少しは楽だろうか。

「……分かりました。期限を決めます」

苦い顔をしていたシャムスが、ある瞬間唐突《とうとつ》にそう言った。

催促《さいそく》したくせに思いがけなかったのか、「ほお」とマウル王が目をしばたたかせる。ラージャも興味深く耳を傾けた。

しかしてタクタル王弟にして次期ロールーリ王の筆頭候補が出したものは、

「千一昼夜が過ぎた後」

ラージャもマウルも言葉を失う予想外の答え。

それは何カ月か、何年か——考えてみたがぱっと計算できなかった。ただひとつ分かっていることは、「千一昼夜」と表現される年月は、ひとりで過ごすものではないということ。

「……だってさ」

マウル王がラージャを見下ろすのと、シャムスが踵《きびす》を返すのはほぼ同時だった。

ラージャの目が優先的に追いかけたのは、後者。暗がりへ向かうその後ろ姿は、まるで今にも飛び立ちそうな大鷲《おおわし》だ。ラージャは、思いきりよく床を蹴《け》った。

「――わたしはそこまで待てないんですけど！」

柱廊《ちゅうろう》の先、三日月を抱く夜空の下で、タクタル王弟が足を止める。半分振り返っただけの彼の顔は、影になって表情がよく分からない。

「……あなたは、一刻も早く祝福を解きたいと？」

怪訝《けげん》の響きを含む低い声音《こわね》に、「ええ」と勢いよく応じる。

「解きたいですよ、あなたの祝福」

さあ彼はどんな顔をしただろう。この距離ではよく分からないので、近づいてみる。足早に、颯爽《さっそう》と。そうしながら、言い募《つの》った。

「あなたの本音をいくらでも聞きたいんです。笑っている顔も見たいです。つらい想いだって、聞いてあげたいんです。でも祝福がある限り、あなた全部隠してしまうじゃないですか」

面前に迫った瞬間は、彼の面容に驚きを見た。だが、彼はまさにラージャの指摘通り、一瞬にしてそれを隠してしまった。「何を言い出す」と反論する口調も、固い。

「私に祝福を手放せと？　冗談じゃない。ルキスが力を取り戻した今、私はひとつ大きな仕事を終えてしまった。このうえ餌《えさ》の役目まで終わってしまっては生きる価値も失う」

整然と言い返されて、ラージャは呆《あき》れた。彼が真面目《まじめ》におかしなことを言うからだ。

「シャムス。生きる価値なんて、あなたがこの世に存在すればそれだけで成立するものなんです。そんなことも分からないあなただから、祝福を解くべきだと言ってるんです」

あなたはもっと人に触れなさい。

説教たらしく言ってやると、シャムスはしばらく口をつぐみ、じっとラージャを見た。長いこと、見ていた。そうしてしばらく微動だにしなかった彼は、やがて薄く開いた唇から、長い——とてつもなく長いため息をついた。

「……前にも言ったが誘惑しないでくれないか」

彼が頭を投げるようにしてうめくから、ラージャは少々むっとする。

「言われていません、そんなこと。それに誘惑なんかしていません」

「自覚がないだけだろう」

「自覚はあります、誘惑してない自覚は——って……この台詞《せりふ》どこかで聞いたような気が……」

「さあどこでだろうな」

何か誤魔化《ごまか》すようにシャムスが背を向けた時、ラージャは彼の裾《すそ》をむんずと摑《つか》んだ。「何か」ともうすっかり耳になじんだ問いを返されて、ラージャはぷるぷる震えながら彼を見上げる。

「……今、唐突に思い出されたことがあるんですが」

「何だ」

「あなた、わたしの記憶消したでしょう！」

断定的に詰問した瞬間、シャムスの黒眼があらぬ方向を向いた。

「……ルキスめ、手を抜いていたな」

「認めるんですね！　ひ、ひどい！　人の記憶をいじくるなんて。しかも、けっこう重要事項満載の記憶を、自分の都合だけで勝手に奪っていくなんて！　ひどすぎます！　横暴です！」

「あー……分かっている、申し訳ないとも思う。だからしばらく視界に入らないでくれ」

「ってやっぱりあなた、わたしのこと嫌いなんじゃないですか！」

「だからどうしてその結論に行きたがるんだあなたは」

「だってあなたが冷たいから……！」

非難に非難を重ねると、シャムスが困り果てたように嘆息《たんそく》した。

「……思い出したんじゃなかったのか」

「お、思い出しましたよ、いろいろと」

足元から火をつけられたような心地がして、ラージャは靴《くつ》の中で指をもぞもぞ動かした。腹の内側がうずくのをこらえながら、「でも」と隣の男をにらみ上げる。

「思い出しても手ごたえないんですもん！　いい夢を未練がましく覚えてるみたいな感じなんです！　確証がないんです！」

恥を忍んで全力で主張すると、またも長いため息を聞かされた。

「誘惑するなと言ったろう」

「誘惑じゃありません、催促《さいそく》ですっ」

「もっと悪い」

曲刀で切り返すように言い、シャムスは再びラージャに視点を留めた。

その口元に、彼にしてはめずらしい種類の笑みが浮かぶ。

「──味をしめても知らないからな」

「へ？」

ラージャが呆けた一瞬後。

頭衣《ベール》の陰で、不意打ちの口づけが降った。

それはまさに封じられた記憶を現実と証明するものだったが──実際されると現実の方が吹っ飛ぶような威力を持っていた。

頭の中が、真っ白だ。

「これがあるから祝福とも共存できると思っている。たとえ日常的に人との接触を避けても、たまにあなたに触れられればそれでいい。そんな生き方ではいけないか」

乾いた手のひらが頬《ほお》をなで、鼻も触れそうな至近距離から鉄色の瞳が視線を注ぐ。耳に入るのは、これまで聞いたこともないような熱を含んだ声音《こわね》だ。

この人は本当にあのシャムスだろうか。

火のつきそうな身体を自分自身で抱きしめながら、彼を上目に見つめる。

「……あの、一応聞きますけど、あなた——悩殺されてるわけではありませんよね？」

「ありえない」

ラージャを腕の中に閉じこめて、額同士をこつんと当て、シャムスは力強く断言した。

「なにせ最初にあなたを見た時、抱いた感情は激情だ。タクタルを脅《おびや》かす敵として、憎しみすら抱いた。もう忘れた感情だ。——忘れさせたのは、あなただろう？」

王弟殿下が穏やかに笑い、ラージャの全身を焦がしつけていた真昼の太陽のような熱が、朝焼けの光のようなやさしいあたたかさへと変わった。自然と笑みが広がる。

「では責任を取って、わたしもそんな生き方にお付き合いします。——当分の間」

「……って、これでめでたしめでたしって？　冗談でしょぉ！」

大宮殿の丸屋根の上、黒馬に寝そべるタクタルの魔精《ジン》は、祝福を持つひと組の男女を下に見ながらぷうっと頬を膨《ふく》らませた。

「やだー、シャムスがしあわせだとあたしのおなかが減っちゃう！　シャムスのごはん……あたしのオイシイごはんん……！」

じたばたじたばた、勝手気ままな彼女は黒馬の上で身もだえて――しかし、お気に入りの王弟殿下の口元に笑みを見つけてしまったら、「……まあいっか」と口をとがらせながらも前言を撤回《てっかい》。

「このイライラはバジの魔精にでもぶつけましょ。あのヒトいじめるの楽しいし――今だけはお祝いしてあげるわ、あたしの王子サマ」

魔精が一転、上機嫌に細い月を見上げ、「ごちそうサマー」と残して天に昇り始めた。

悩殺王女と封殺殿下の、千一昼夜の始まりである。

あとがき

はじめまして、きりしま志帆《しほ》と申します。

このたびは『砂漠の国の悩殺王女』をお手に取っていただき、ありがとうございます。

本作は二〇一二年度ノベル大賞佳作を頂戴《ちょうだい》しました『砂漠の千一昼夜物語　―幻の王子と悩殺王女―』の時代違いのお話となっております。

という訳で、まず『～千一昼夜～』の裏話などさせていただくと。

執筆は三歩進んで二歩下がる、悲しいほどののろのろ具合でした。

投稿できたのは〆切当日、しかも郵便の収集直前に滑りこむというギリギリぶりで、当然ながら推敲《すいこう》は不十分。疲れ果てて以後原稿を顧《かえり》みることなく、一か月後にようやく読み直したものの「コレそもそも中編用のネタじゃないよね」と気付き――。

そっと封印しました。

またいつか長編にしよう、と、心の片隅で思いながら…。

そんなふうでしたので、最終選考に残った旨《むね》のご連絡をいただいたときも、受賞のお電話をいただいたときも、ぽかーん、きょとーん、としていたことを覚えています。どちらも意外すぎたゆえの反応でしたが、今になって思えば、もったいなかったなぁと思います。もっと喜べばよかった…。

とにかく。

そうしていろいろと後悔の多かった受賞作。「いつか長編化を」と思ってはいても、ひとりでやっている間はきっとその「いつか」は永遠に来なかったことと思います。こうも早く長編化することができたのは、選考に携わり、拙作《せっさく》に（あるかどうかも分からない）可能性を見出《みいだ》して下さった皆様のおかげです。改めて御礼申し上げます。

さてさて今度は本作の話題ですが。

前述の通り受賞作の時代違いということで、キャラクターを一新。脇役もどーんと増えました。話の内容も一から書き下ろし、それに伴《ともな》いタイトルも変更になりましたが、実はそのタイトルを決めるための電話をいただいたとき、某《ぼう》焼き肉屋の前におりまして。「じゃあそれでいきましょう」と話がまとまった後、いろんな意味でうきうきしながらお肉を焼きに行きました。とても思い出深い出来事です（たぶん一生忘れない）。……はい、話が脱線しましたね。軌道修正、軌道修正。

受賞作からいろいろと変更を加えた半面、世界観はまるっと活《い》きております。雑誌のインタビューでもちらりと申し上げた通り、砂漠の世界をリアルに描こうとするとさまざまな壁にぶつかるため、オリジナル設定満載！　中でも各キャラの名前は、現実に近づけようとすると似た名前が多く、（主に自分が）混乱すると思って「それっぽい」ものをつけました。ただ、「シャムス」だけは『アラビアンナイト』の登場人物から拝借しております。――ええまあ、白状すると女性の名前ですけど。字面と響き優先ですけど。「太陽」という素晴らしい意味を持つ名前なのでオールオッケーだと思っています。ですよね、殿下。

そのほか世界観に関しては、授賞式の時に「砂漠に行かれたことあるんですか？」と聞かれたりもしたのですが、まったく全然行ったことがありません。なので、前半の砂漠シーンを書く間、「せめて鳥取砂丘で駱駝《らくだ》に乗りたいよ…」と思ったのですが、今思えば大昔、地元宮崎の「こどものくに」で駱駝に乗ったような気がしないでもない…。今もいるんでしょうか。いたら大人でも乗せてくれるのかな。ちょっと調べてみようと思います。

……と、放っておいたらどこまでも脱線しそうなので、自制して締めのご挨拶《あいさつ》をさせていただきます。

まずはイラストをお引き受けいただいた鳴海《なるみ》ゆき先生。先生の描かれたラージャの可愛《かわい》さにころっと悩殺されてしまいました！　イラストを眺めているだけでこの子が生き生きと動きまわる映像が頭の中に浮かびます。ありがとうございました！

そして担当さま。ここまでいただいたご指摘やご助言に「あ、そうだ」と「なるほどー」を何度言ったか分かりません。上記の二言をできるだけ言わずに済むように頑張りますのでなにとぞよろしくお願いいたします。

　それから、未だに付き合いのある高校文芸部の元部員、元もどき部員の皆さま。そして現在所属している創作サークルの皆さまやお友だち。いつも素晴らしいインスピレーションを与えて下さりありがとうございます。アイディアが枯れないのは皆さまからいただく刺激のおかげ。そしてここまで書き続けてこられたのは、どんなものを書いても皆さまが必ず何かしらいいところを見出してくれたから。皆さまに出会えて本当によかった。これからもどうぞ末永いお付き合いを！

　最後になりましたが、この本をお手に取ってくださった皆さまへ、最大級の感謝を申し上げます。発売日はまだまだ残暑厳しい時期なのに灼熱の土地の物語……さぞ暑いだろうと思いますが、いかがだったでしょう。ぜひぜひ感想などお聞かせ下さい。

　またお会いできることを切に願っております。

本日もうだるように暑い
二〇一三年　八月
きりしま志帆

※この作品はフィクションです。実在の人物・団体・事件などにはいっさい関係ありません。

この作品のご感想をお寄せください。

きりしま志帆先生へのお手紙のあて先

〒101－8050　東京都千代田区一ツ橋2－5－10
集英社コバルト編集部　気付
きりしま志帆先生

きりしま・しほ

宮崎県出身・在住。1月2日生まれ、A型。執筆中は物語の世界観に合ったアイテムを買い集めてしまう傾向が…。おかげで現在、机周りはアラビアンな品々であふれています。

砂漠の国の悩殺王女

COBALT-SERIES

2013年9月10日　第1刷発行

★定価はカバーに表示してあります

著者　きりしま志帆
発行者　鈴木晴彦
発行所　株式会社 集英社
〒101-8050
東京都千代田区一ツ橋2—5—10
(3230) 6268 (編集部)
電話　東京 (3230) 6393 (販売部)
(3230) 6080 (読者係)

印刷所　株式会社美松堂
中央精版印刷株式会社

ISBN978-4-08-601752-7 C0193

贅沢な身の上
ほら、眸がときめきを伝えるから！

我鳥彩子 イラスト／犀川夏生

帝国の実権を握る皇太后の許可を得た皇帝・天輪《てんりん》が、煌星的男子《アイドル》デビューに向けて養成合宿を始めた。ところが、いつも一緒だった天輪と離ればなれになったせいか花蓮《かれん》に異変が！？

〈贅沢な身の上〉シリーズ・好評既刊

①ときめきの花咲く後宮へ！
②ときめきは海を越えて！
③いざ、ときめきの桃園へ！
④ときめきは鳥籠の中に！？
⑤ときめきは夢と幻の彼方へ！？
⑥さあ、その手でときめきを描いて！
⑦だからときめきが止まらない！
⑧ときめきは蒼き追憶と共に！
⑨ときめきは空に煌く星の如く！

好評発売中 コバルト文庫

リリー骨董店の白雪姫
海の底のエメラルド・プリンセス

白川紺子 イラスト／宵 マチ

ジェレミーが異母兄のバートから預かったというエメラルドの指輪をリリー骨董店に持ってきた。クレアはこの指輪からレディ・アン・ジュエルと同じ気配を感じとって……？

〈リリー骨董店の白雪姫〉シリーズ・好評既刊

リリー骨董店の白雪姫 ラプンツェル・ダイヤモンドの涙

好評発売中 コバルト文庫